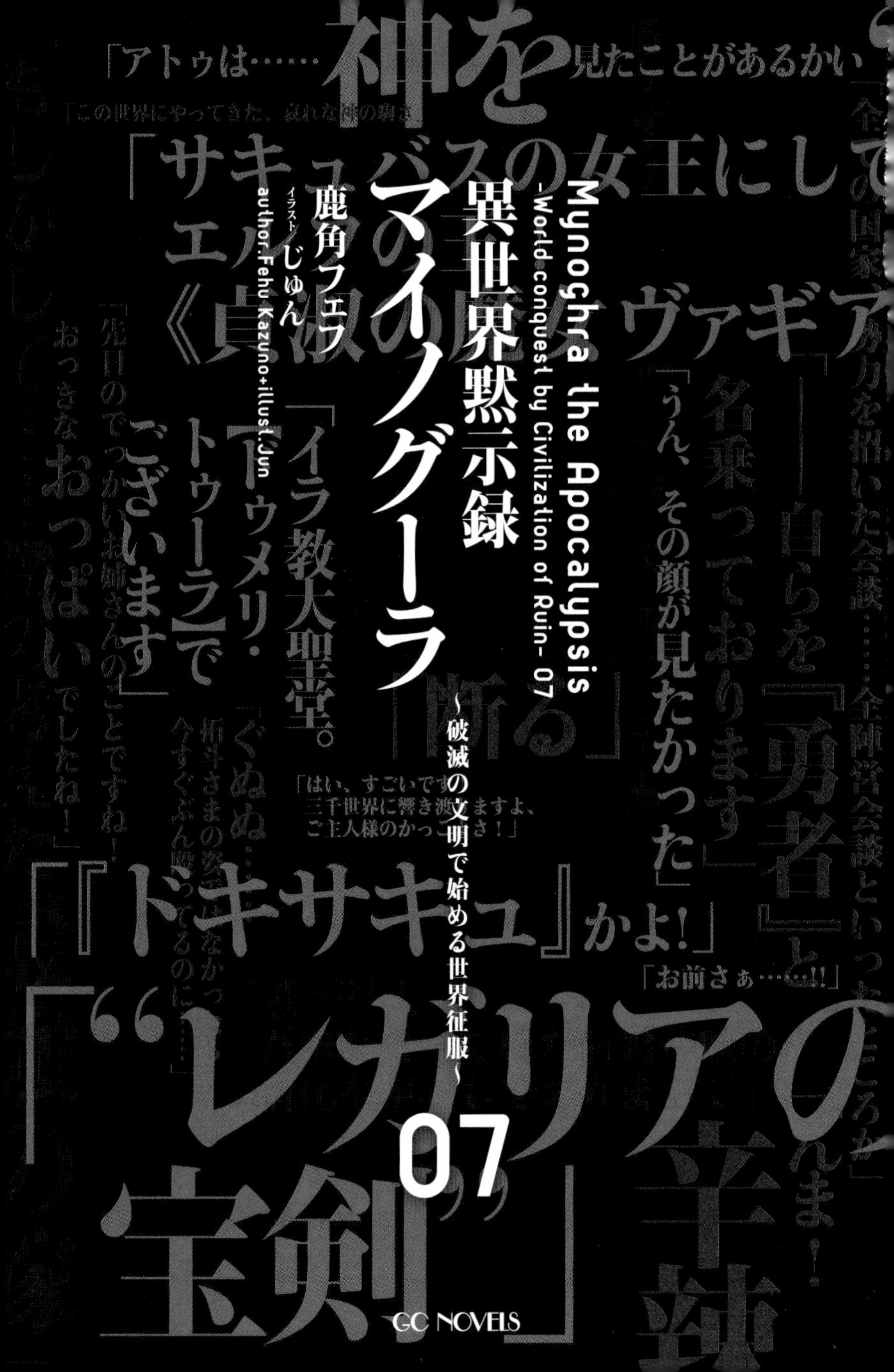
異世界黙示録
マイノグーラ
～破滅の文明で始める世界征服～
Mynoghra the Apocalypsis
-World conquest by Civilization of Ruin- 07
鹿角フェフ
イラスト じゅん
author.Fehu Kazuno+illust.Jun
07
GC NOVELS

「そちらの名前は
たしかこうだったかな――
“レガリアの宝剣”」
マイノグーラが次元上昇勝利を成し遂げ、
失った全てを取り戻すために必要な要素。

第七章：全陣営聖魔会談

Mynoghr the Apocalypsis

-World conquest by Civilization of Ruin- 07

CONTENTS

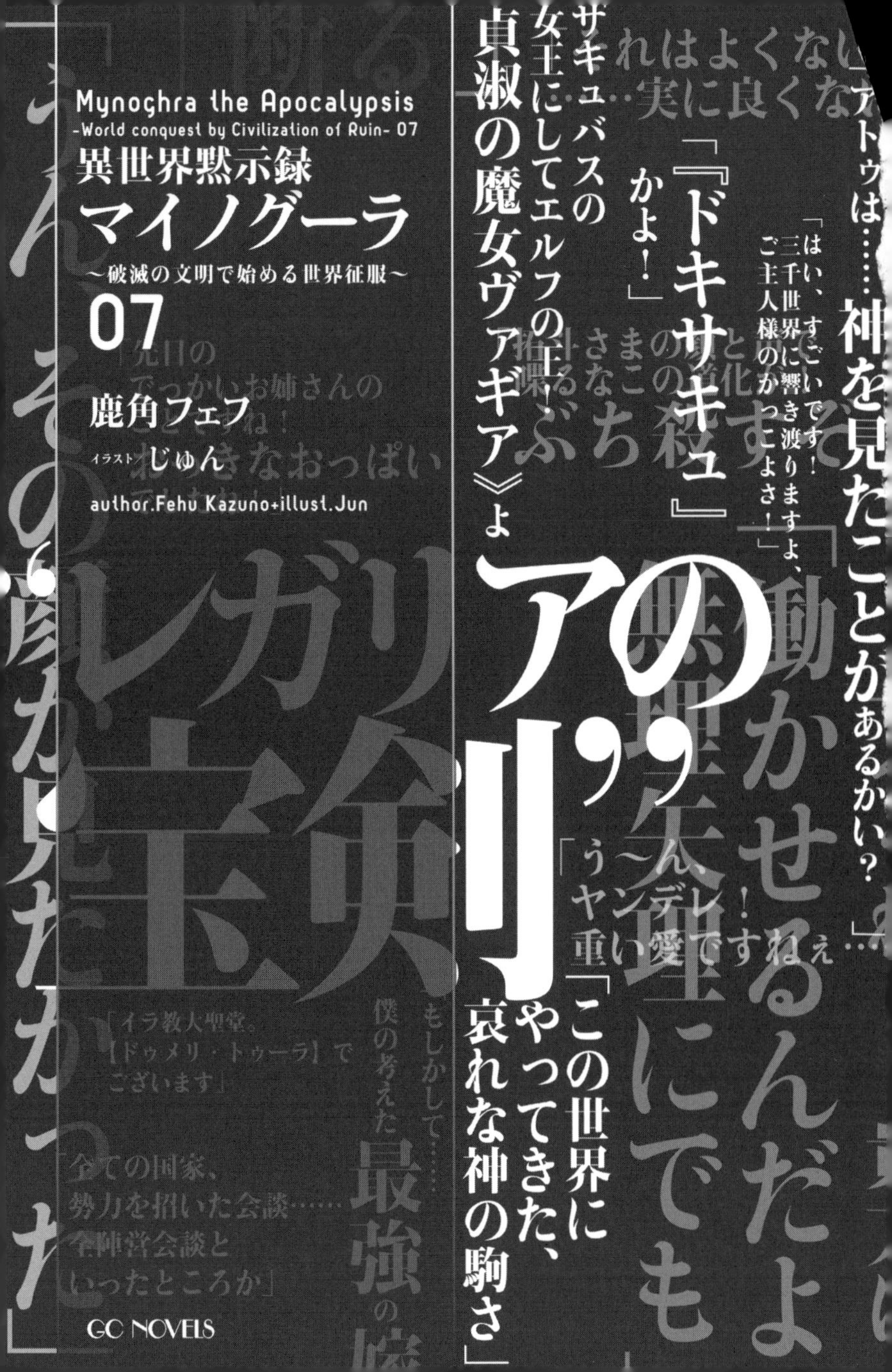
Mynoghra the Apocalypse
-World conquest by Civilization of Ruin- 07
異世界黙示録
マイノグーラ
〜破滅の文明で始める世界征服〜
07
鹿角フェフ
イラスト／じゅん
author.Fehu Kazuno+illust.Jun
GC NOVELS
「アトゥは……神を見たことがあるかい？」
「はい、すごいです！
三千世界に響き渡りますよ、
ご主人様のかっこよさ！」
「『ドキサキュ』
かよ！」
サキュバスの
女王にしてエルフの王！
貞淑の魔女ヴァギア》よ
「う〜ん、ヤンデレ！
重い愛ですねぇ」
「この世界に
やってきた、
哀れな神の駒さ」
「イラ教大聖堂。
【ドゥメリ・トゥーラ】で
ございます」
「全ての国家、
勢力を招いた会談……
全神営会談と
いったところか」
もしかして……
僕の考えた
最強の

プロローグ

強力無比なる能力を用いてマイノグーラを脅かしたテーブルトークRPG勢力。その撃破の代償として失われていた拓斗（たくと）の意識を取り戻すためにアトゥが選んだ手段は、新たなる英雄の召喚、そしてこの事態への解決依頼だった。

『Eternal Nations』史上最低最悪の英雄。

《幸福なる舌禍（ぜっか）ヴィットーリオ》は、全てのプレイヤーたちから忌み嫌われ名付けられた僭称に恥じることのない活躍を見せる。

それは同時に、マイノグーラのあり方さえ変える大きな爪痕を世界に残すものだった……。

《イラ教》と呼ばれる、拓斗を信奉する新興宗教の設立。廃都となったレネア神光国への宣教と領地の切り取り。

その過程でぶつかる聖王国クオリアが派遣した《日記の聖女》と異端審問官クレーエ。

拓斗の身を案じるアトゥでは到底なしえなかったような奇抜な作戦の数々を繰り広げるヴィットーリオだったが、その目的は別のところにあった。

それこそがイラ＝タクトの神格化。

拓斗の意識喪失、その原因を彼が有する《名も無き邪神》という英雄の性質から来るものであると理解したヴィットーリオは、その仕組みを利用し理想の拓斗をこの世に生み出そうとしていたのだ。

名も無き無色の存在であるがゆえに、名前——存在意義を与えれば如何様にも染められる。

完全無欠、ヴィットーリオの理想を体現する、彼だけの主。それは完璧な策のはずだった。

策は、失敗に終わる。
それどころか、全ては最初から拓斗によって仕組まれていたことだった。
ヴィットーリオの作戦も、彼の考えも、そして引き起こされるであろう事象も……。
やがて予定どおり拓斗は復活を果たし、両者の格付けは終わる。
だがそれは新たなる戦乱の幕開けの序章でしかなかった……。

第一話　再動

　失われた拓斗の意識を巡る争い。

《ヴィットーリオ》の暗躍と《日記の聖女》との戦いを経て、ようやくマイノグーラに一時の平穏が訪れようとしていた最中のことであった。

　どうやら運命と言うものは自分たちを翻弄するのがたいそう好きらしい。

　新たなる敵――《貞淑の魔女ヴァギア》からの大胆不敵ともとれる宣告の意図を推測しながら、拓斗はまた新たな波乱が自分たちに訪れようとする風を感じ取っていた。

「で、例のお誘いは真実らしいってわけだ」

「はい、フォーンカヴンを含め各国に会議への参加を求める親書が届いているようです。クオリアなどについては情報は不足しておりますが、暗黒大陸の他の国にも届いたという報告は入っております」

　玉座の間に響く拓斗の言葉に、横に侍るアトゥが資料を確認しながら答える。

　先日の大胆不敵かつふざけた世界規模での宣告。その日から数日が経ち、あの日の出来事を裏付ける情報が拓斗の下へと集まってきている。

　この反応に困る申し出を行ったサキュバスの軍勢についてはある程度情報は得ている。

　しかしながらその情報がある程度どまりであることもまた事実だ。

　本来であればエル＝ナー精霊契約連合含めたエルフ側での出来事を調査してしかるべき状況ではあった。

　だが今までに起きた数々の戦争や問題の対処でリソースがとられてしまい、情報が不足している。

頭の片隅にはあったものの優先すべきことが多すぎたせいで対応が後手に回ってしまったことに歯噛みする。

とはいえ後悔している暇は無い。拓斗は自分が持つ手札を思い浮かべ、トントンと肘掛けを軽く叩きながら次の作戦を練る。

「うーん、どうしたものか」

拓斗のつぶやきに、アトゥは言葉を発することなく静かに主の思索を見守る。

このような場面でいたずらに声をかけることは王を邪魔することになるとよく理解しているからだ。

自分が何を言わずとも、彼ならば自然と答えを導き出すだろう。

それはアトゥが拓斗に向ける信頼や信用と言うよりも、半ば事実や物理法則のように確信されるものだ。

「全ての国家・勢力を招いた会談……全陣営会談といったところか」

拓斗の思考が一つ進む。

先日起きたサキュバス陣営からの申し出、すなわち魔女ヴァギアの言葉をそのままの意で受け取るのであれば、このイドラギィア大陸全土を巻き込んだ盛大な顔合わせと言ったところだろうか。

その意図がどうあれ、あれだけ大々的に全世界に向けて宣告を行った以上もちろんマイノグーラも参加を望まれているのだろうが、拓斗としては正直気が進まないといったところが本音であった。

相手の素性も知れぬ中で敵地に乗り込むのは悪手であることは言わずもがな。アトゥを取り戻すためにレネア神光国に向かったのは非常にリスクの高い手段だったのだ。

国家の指導者がそうポンポンと敵地に出歩いていては配下もおちおち安心して寝られない。そもそも指導者の役割は前線で敵と戦うことにあらず。

拓斗もそのことはよくよく自分に言い聞かせて

いる。向き不向き、得手不得手を間違えてはいけない。

加えてだ。拓斗たちマイノグーラの方針――《次元上昇勝利（アセンションヴィクトリー）》はイスラを復活させるという目的を含む以上、妥協や変更はあり得ない。

すなわちそれは最終的な全勢力との敵対。

他の陣営がどのような意図を持って参加するかはさておき、件（くだん）の魔女――ヴァギアの主張である平和的な話し合いは不可能に近い。

最低でも他勢力の降伏という形で勝者を決めなくてはならないのだ。

それら前提条件を踏まえると、あまり魅力的に感じる申し出ではないことは明らかだ。

「ただ情報が不足している分、相手の素性を知る機会を逃すのは惜しい。正直なところ、どんな面白ゲームジャンルが参加しているのか興味はあるし、今後の戦略を練る上でも重要な情報だ。とは言えリスクは高い」

拓斗の言葉に、アトゥは王のお気に召すままにとばかりに柔らかな笑みを浮かべてうなずく。

その笑みを向けられた拓斗もまた、最近少しは慣れてきた笑顔をアトゥへと向けると、大きく息を吸う。

「迷うねぇ。どっちにするべきか」

どこか楽しむかのように、拓斗は悩みを口にする。

拓斗たちの方針が世界征服にあることはすでに決定されている。

だがこの会談への参加を拒否して勝手気ままに国家運営を進めるという選択もまた選ぶには少々難があった。

自分たちがいずれ打ち倒さなくてはならない敵は強大だ。

使う能力も異質であり、それぞれが奇跡にも等しい変化を世界にもたらす。

ゲームマスター（GM）戦の際は拓斗の奇策で勝利をも

ぎ取ることができたが、万が一拓斗がテーブルトークＲＰＧを知らなかったら完封されていた可能性もあったのだ。

その点を考えると、相手の情報を持たずに先手を譲り続けるということもまたリスクが存在する。いまだこの世界に自分と同じ立場の存在――すなわちプレイヤーがどの程度いるかすら判明していないのだ。

可能であれば、ここで情報を収集しておきたいというのが本音だ。それもリスクを負うことなく……だ。

「仕方ない。《出来損ない》を使うか……」

拓斗はゆっくりと天井を見上げる。同時に先ほどから妙に主張が激しい、梁にへばりついている赤子を模した異形と視線を交わす。

拓斗の護衛として生み出した魔獣ユニット《出来損ない》。

現在マイノグーラが二体保有している強力なユニットで、現状における一般ユニット最高戦力だ。

無論そもそもの目的が自身の護衛のために用意したものなので動かすのは避けたいのが本音。だがその能力は非常に強力かつ有用。

英雄にも匹敵するその戦闘力と特殊能力ならば、拓斗の要求にも必ずや応えてくれるだろう。

「あ、なるほど。拓斗さまの影武者として遣わせるということなのですね！」

アトゥ――拓斗の復活以後、片時も離れずある種のひっつき虫のごとく侍るようになった腹心が理解したとばかりに相づちを打つ。

以前に比べていろいろと距離感が近くなったなぁと目の前でうんうん頷く彼女に少しだけ緊張しながら、拓斗は今回の作戦を述べる。

「生産コストが重いから、万が一失ったら痛いなんてレベルじゃないんだけど……。だとしても代えがきくという点ではまだ手軽に切れる手札だ。警戒のしすぎで後手に回るのも良くないし、ある程度の積極性は必要かなって」

《出来損ない》は生産した場所によっていくつかの特殊能力を有することができる。先ほど拓斗が目をやった個体は隠匿や偽装に長けている。

その中の《擬態》能力を利用すれば拓斗に変化することができ、念話や視界共有を利用すれば無線機のように操ることも可能だ。

かつてヴィットーリオが拓斗を己が理想の存在に昇華しようと企み暗躍していた際、その対抗手段として運用していた方法がこれだ。

その時は祈りの対象を意図的にずらすことによって儀式の発動を無効化する目的で使われていたが……。

見方を変えれば、実に有用な拓斗の外部端末として今後も利用できることに気付いたのだ。

「実によろしいご采配かと。それでしたらモルタール老はじめ、ダークエルフたちの配下も胸をなで下ろすでしょうし。……もちろんっ！　私も安心します！」

「よくよく考えたら、僕もアトゥもこの世界に来てからちょっとピンチが多すぎな気もするしね。流石に自分が参加するとは言えないよ」

「その場合は全力でお止めするつもりでしたよ！」

「ははは、まぁ、そうだよね……」

言葉とは裏腹に至極真剣なまなざしを向けてくるアトゥに拓斗も苦笑いが絶えない。

彼女の気持ちはよく分かる。逆の立場――それこそ自分が代表として参加するなどとアトゥが言い出していたら、拓斗も全力で彼女を止めていただろう。

結局のところ、拓斗が今回の会議に直接的な参加をしないのは確定事項だった。

であれば後は限定された条件の中でいかに自分たちにとって最大限の利益を得るかを考えるまでだ。

「正直なところ、なんのアクションも起こさず引きこもって内政をやりたいというのが本音だよ。ただ情報収集の機会としては一級だ。全ての勢力が集まるのが本当であれば、少なくとも僕らが今後敵対しなければならない勢力がどのようなものであるかは分かるからね」

　結局のところ、そこなのだ。

　ＲＰＧ勢力にしろ、テーブルトークＲＰＧ勢力にしろ、今まで敵対してきた勢力に後れを取った要因の一つに情報不足があげられる。

　今回の全陣営会談はそれこそリスクがあるが、これを奇貨としてこの世界にやってきている勢力の情報が大まかにでも分かるのであれば、今後の世界征服は実にやりやすくなることは間違いない。

　ゆえに拓斗の考えは次第に参加へと傾いていっている。

　悩むべきは、付随する細かな問題をどのように処理し対策するかに尽きる。

「プレイヤー関連の話はほんと扱いが難しいなぁ。どうしてもゲームの話が絡んでくるからダークエルフたちには迂闊に話せないし、ストレスがたまるよ」

「そのために私がいるのではありませんか！　拓斗さまがおっしゃって頂ければ、私はいつでもどこでも、ご相談に乗りますよ？　この世界で唯一拓斗さまが現実世界の話を相談できる相手、それがこのアトゥなのです！」

　ドンと自信満々で自らの胸を叩くアトゥ。その微笑ましい態度に拓斗も思わず笑みがこぼれるが、ふと彼女がごく自然にとある人物の存在を消し去っていることを思い出し表情をこわばらせる。

「それはとってもうれしいし、頼もしいんだけど、もう一人忘れてない？」

「えっ？　いましたっけそんな人？　残念ながら私の記憶にはありませんが……」

「そ、そう……」

ここにはいないもう一人の英雄。
《幸福なる舌禍ヴィットーリオ》。彼もまた拓斗が現実世界に絡んだ諸問題を相談できる相手だ。

だが残念なことに、アトゥとヴィットーリオの仲は最悪と表現して差し支えない。

その最たる原因こそあのヴィットーリオの他者を嘲（あざけ）る不誠実極まりない性格なのだが……。あまり国家の中枢に位置する人物同士が対立するのは良くないが、こればかりはもうどうしようもないなと拓斗は強い諦念を抱く。

アトゥに考えを改めろと命じるのはあまりに酷で、ヴィットーリオに態度を改めろと命じるのはあまりにも無駄だ。

だからこそ、二人がもめないように拓斗がほどよく調整するのが、現状一番の解決策と言えた。

（まぁヴィットーリオは常に大呪界にいるわけじゃないし、その辺りは問題ないか？　ってか今どこにいるかもよく分からないしね）

設定上コントロールが効かないかの英雄は今も自由気ままにマイノグーラの領地を駆け回っているのであろう。

その途中途中で様々なトラブルを起こしながら……。

拓斗とヴィットーリオによる智の対決はすでに決着を迎えている。

だがそれで素直に配下に下るヴィットーリオではないことを拓斗はよく理解していた。

次はどんな難問を持ってくるのだろうか？

そのことが少し憂鬱で、同時に少し楽しみでもあった。

拓斗がそのように意識をいくらかヴィットーリオに向かわせていると、ふと顔を少し伏せながら何やら考えごとをしているであろうアトゥが目に入る。どうやら拓斗の作戦に疑問点を見つけたらしい。

「しかしながら拓斗さま。《出来損ない》による影を会談に向かわせるという作戦はよろしいかと思いますが、この会談そのものが敵の罠とは考えられないでしょうか？　確かに今回の話は全勢力に対して行われているという裏はとれました。ですが相手も我々と同じように全勢力との敵対を考えているのであれば、自らの陣地に招くこの会合は千載一遇のチャンスとも言えます。その場合貴重な《出来損ない》が失われる危険性が……」

「確かにそのとおり。こっちが相手を確認できるということは相手もこっちを確認できるということだ。少なくとも僕らのゲームや能力の情報は抜かれる可能性が高いし、下手したら何らかのデバフを付与される可能性もある。もちろんその場で宣戦布告――なんてこともあり得る。けどそれでもなお、メリットが勝つんだ」

「と、言いますと？」

拓斗の言葉にアトゥは不思議そうに小首をかしげる。一体どのような理由で？　という純粋な反応だ。

アトゥがこのような反応を見せることをあらかじめ予想してた拓斗は、彼女の仕草に小さく頷くと、早速自らの腹心が理解できるよう事細かに説明してやる。

「わかりやすく言えば、《出来損ない》は再生産できるけど、情報不足で負った損害は取り返せない可能性がある。ってことだよ」

その言葉にアトゥがハッと息を呑む。

《出来損ない》の損失やこちらの情報を抜かれる危険性を警戒するあまり、最も重要なことを忘れていたからだ。

マイノグーラはイスラを失い、そしてアトゥを一時的に奪われている。

そして拓斗の意識すら喪失してるのである。

一歩間違えれば敗北は必定の状況を覆したのは拓斗の実力によるものだが、次も大丈夫だと断じるにはあまりに愚か。

たとえ相手が手ぐすね引いて待っている巣に飛び込む危険性を犯してなお、情報を持って帰ることは必要に感じられる。

それこそ、最悪《出来損ない》が失われるだけで良いのであれば、実にコストパフォーマンスが良いとも言えたのだ。

「虎穴に入らずんば虎子を得ずというわけですね。そしてその虎子こそが、今後のマイノグーラの生死を分けるものになると……」

アトゥの言葉に拓斗は深く頷き、次いでそのとおりと肯定する。

最初から全てを理解することは出来ずとも、このように一言説明を加えてやればすぐ全体像を把握するアトゥの在り方は拓斗にとって実に好ましいものだった。

そして同時に、拓斗はこの最良の腹心とのやりとりの時間を何よりも大切なものとしている。

それはまるで男女の逢瀬のようで、二人が気付いているかどうかはさておき、その距離はいつにも増して近いように思われた。

「なるほど、拓斗さまのお考え、全て理解致しました。まぁ確かに今まで受け身に回って痛い目に遭っていましたし、ここは一度攻めに回っていろいろかき回したいですねぇ」

だからこそ、次に出す問題に関してだけは、アトゥ以外の誰にも相談するつもりはなかった。

「アトゥは……神を見たことがあるかい？」

脈絡もなく、本当に唐突に、拓斗はそう切り出した。

突然変わった話題にアトゥが目をぱちくりさせ拓斗を改めて見返す。だがその困惑の視線の返答は、拓斗の真剣な眼差しだった。

「へ？　神……ですか？　あの名前を呼ぶのも嫌悪する道化師が拓斗さまを神と呼んでいましたが、それとはまた別の話ですよね？」

コクリと頷き、拓斗は天井を見上げる。

そしていくらか思案する様子を見せると、サッと手を振り何らかの合図を送る。

「拓斗さま……？」

護衛として側に隠れていた《出来損ない》の気配が遠のいて行くのを感じたアトゥは、困惑したように拓斗の名前だけを呼ぶ。

長年――と表現して良いのかは不明だが、それなりの期間をともにした間柄だ、拓斗の意図するところは彼女にも分かっていた。

困惑したのは、それほどまでに重要な話をするのか？　という疑問である。

本来なら意思を持たぬ、拓斗に絶対服従のNPCである配下のユニットを遠ざけてまで……。

その行動にぽけーっと虚を衝かれた様子で眺めていたアトゥは、自分が先ほど拓斗から問われた事柄に答えていないことを思い出し、慌てて回答をする。

「し、しつれいしました！　その……神については知らないと思います。おそらくですが……」

曖昧な言葉になった理由は、アトゥ自身が実のところ自分の出自に関しての記憶が曖昧な点にあった。

果たして自分はこの世界にやってくる前はどのように過ごしていたのだろうか？

拓斗と共に『Eternal Nations』で過ごした記憶は確かにある。この世界に来てから拓斗と共に駆け抜けた苦難と困難に見舞われつつも素晴らしい日々の記憶も確かにある。

だがその間の記憶がぽっかりと穴が開いたように曖昧であった――。

果たしてこれは報告すべきかどうか？　おかしいと言えばそうだが、気にしすぎな気もする。

おそらく何も無かったというのが正解であろう。アトゥが内心で判断しかねている間に、どうやら話が進んでしまったらしく、拓斗が彼が持つ懸念について説明しだす。

「……あのサキュバスのお姉さん、まぁ判明している名前のとおりヴァギアと呼ぼうか――彼女の宣言を覚えているかい？　彼女は先日の宣告の際に〝神〟の名前を出したんだ」

「たしか《拡大の神》……ですか。そのような存在がいるなど、今まで聞いたこともありません」

神……すなわち超常の存在。人の理外に位置する超越の体現。

時として人の集合意識や宇宙そのものともたとえられるそれが、今現在拓斗が一番頭を悩ませている存在であった。

「僕たちの現状が何か想像を超える存在からの干渉を受けていることはある程度推測できていた。そもそも僕やアトゥが形を持って異世界転移したこともよく考えれば異常事態なんだ。自然現象というよりも、誰かの手によってという考えの方が説明がつきやすい」

「つまり、私たちがこの世界に来たことや、今まで拓斗さまが戦ってきた様々な敵の存在は、全てその〝神〟とやらが裏にいると？」

「おそらく……ね」

アトゥの顔に陰りが見える。

例えば拓斗がその概念を宿している《名も無き邪神》などがそれに当たる。

『Eternal Nations』にも神なる者は存在する。

他にもいくつか『Eternal Nations』の神は存在するのだが、それらは例えばユニットだったり指導者だったり、はたまた物語のキーパーソンだったりする程度だ。

つまり舞台装置の一つでしかない。

だが拓斗が述べているのはそのようなまがい物ではない。

世界の創造や破壊、現象や概念を司る、それこそ万物の上位に位置する者。

ゲームや物語の中で語られるそれではなく、もっともっと巨大な存在。

拓斗の口ぶりからそのことを感じ取ったアトゥは、彼女にしては珍しく言い様のない不安を感じてしまったのだ。

「だからこそ、この会談の行く末は全く分からない。少なくとも単純な仲良しこよしとは行かないだろう」

「……拓斗さまは、此度の会談に何らかの神の意志が絡んでいると、そうお考えなのでしょうか？」

アトゥが不安げに拓斗に問いかける。

有象無象の敵性存在であればいくらでも打ち払ってみせよう。たとえそれがプレイヤーだとしても。

だが神となると……それも、拓斗やアトゥをこの世界に送り込めるほどの力を持った存在となると……。

未知とは恐怖であり、知らぬことは時として死に直結する。

英雄と呼ばれ、拓斗の前に立ち、あらゆる敵を葬ってきたアトゥ。

その彼女が一瞬弱い感情を抱くのを誰が責められようか。

「《拡大の神》とやらが、僕らに理解できる存在であると考えることは危険だからね」

その言葉にアトゥは頷く。

プレイヤーの背後に存在する神。

果たしてそれはどのような意図を持ってこの世界へと皆を誘ったのだろうか？

疑問は尽きぬ。だがアトゥが抱く決意と感情は当初となんら変わりない。

（どのようなことが起きようとも、私は拓斗さまと共にあります……）

彼女はただ拓斗だけの英雄なのだから。

「とは言え、僕らがすべきことは実のところシンプルだ。まずはマイノグーラの国力を高め、イスラを復活させるために次元上昇勝利（アセンションヴィクトリー）を目指す」

アトゥは拓斗の言葉に慌てて頷いてみせる。

その姿に拓斗も満足する。

拓斗とてアトゥの困惑はある程度予想の範囲内だった。いきなり神だなんだと言われてイメージがわかないのも当然だろう。

実のところ、拓斗自身ですらあまりピンときていないのだ。

まるで夢物語を語るかのように、細部が霧に包まれている感覚すらある。

だが今ではその奇妙な感覚こそが拓斗を確信へと導くかがり火となっている。

（今思えば、レネア神光国でぶつかったテーブルトークRPG勢力は神からの意志を受け取っていた節があった。それにエルフール姉妹からの話では魔王軍ですらその可能性があった）

テーブルトークRPG勢力の魔女であるエラキノやそのマスターであるプレイヤー繰腹はどうやら神の情報を秘匿していたらしくあまり詳しいことは分からなかった。

魔王軍もまた神の名を何度か口にしていたものの、その具体的な話について語られることはなかった。

そして今回行われたサキュバス陣営からの宣文。

情報は少ないながらも、導き出される事柄は明白だ。

（魔女ヴァギアが自らの神を《拡大の神》と呼ぶからには、その名称を確認できる何らかの出来事があったはずだ。……他の勢力は明確に神から干渉を受けている。これは状況的に見ても明らかだ）

（どうしてマイノグーラには、僕には神からの干渉がない？　テーブルトークRPGのプレイヤーである繰腹くんとの戦いでは間違いなくより上位の次元で何らかのぶつかり合いが発生していた。であれば僕らが神の庇護下に無いというわけでもないだろう……）

（一体何を考えているのやら……。可能なら一度話をしてみたいものだけど……）

　拓斗の思考は沈んでゆく。

　神なる存在の意図について。

　自らの神は一体どのような存在なのか？　そしてその存在は自分に何を望んでいるのか？　なぜ自分たちに干渉してこないのか？　深く、深く思考が沈み、やがて思考の海の底、今まで到達したことのない深き闇の底にたどり着いた時、拓斗の目の前に――。

「拓斗さま――拓斗さまっ！　ずいぶん長考なされていましたが、大丈夫でしょうか？　よろしければ飲み物などをお持ちしましょうか？」

　アトゥの呼びかけで、拓斗はビクリと身体を震わせる。

　その反応にアトゥもまた驚いた様子で目を丸くしていたが、拓斗は内心の動揺と困惑を悟られぬよう極めて明るい声を出す。

「あ、っとごめん。少し考えごとをしていたんだ。そうだね、何か温かい飲み物でも頼もうかな。悪いね」

「悩ましい問題に気を遣いすぎましたからね……ではすぐにお持ちします」

……………

……

…

「神……か」

　アトゥが礼をし退出したことを確認した拓斗は、大きくため息を吐き玉座に深くもたれかかる。

　何もかも分からぬことばかりだが、何かとてつもなく面倒なことになりそうだという予感だけは、決して拭い去ることのできぬヘドロのように拓斗の心にこびりついていた。

SYSTEM MESSAGE

全陣営会談の開催が魔女ヴァギアによって発起されました。

各陣営の指導者、プレイヤーは参加の可否を決定してください。

OK

プレイヤーに関する問題。神に関する問題。

拓斗が頭を悩ませる事柄は尽きることはない。

その上で通常の国家運営も行わなければいけないのだ。

ゲームではプレイヤーを飽きさせないためにイベントを目白押しにするのが鉄板とは言われているが、別にそんなところまでゲーム準拠にしなくてもいいのにと拓斗はこの状況に少々呆れてしまう。

コンコンと扉がノックされ、アトゥの声が聞こえる。

どうやら休憩のための飲み物が用意できたようだ。

とりあえず喉を潤して気持ちを切り替えるか。

そんなことを考えた拓斗の視界にアトゥとともに入室してくる別の人物が映った。

「お待たせしました。拓斗さま」

「王よ、私も失礼いたします」

「あ、エムルも来たんだね。ようこそ」

アトゥとともに飲み物の載った盆を持ってきたのはダークエルフの内政官エムルである。

拓斗としては別に誰が来ても歓迎するのだが、今日はエムルが非番だったことを思い出し、おや？　と疑問に思う。

その答えはすぐに判明する。

「あまり考えごとに根を詰めるのもどうかと思いまして、休憩がてらに甘いものを用意しています。エムルはちょうど厨房で何やらお楽しみだったので連れてきました」

「す、すみませんつい……」

「はは、人が多い方が賑やかだしね。じゃあ折角だし会議室の方で休憩と行こうか」

よくよく見るとエムルが持つ盆にはなかなかの量の手作り菓子がのせられている。

どうやら【宮殿】に備え付けられた広い厨房で趣味に興じていたらしい。

普段ほとんど使われることのない厨房の意外な利用者に感心する拓斗。自分も料理か何か気晴らしに挑戦してみるかな？　と思いつつ、用意されたコーヒーに早速口をつけた。


………

……

…


脳を酷使すると甘いものが欲しくなる。

アトゥとエムルが用意してくれた茶菓子は、その言葉どおり拓斗の全身に行き渡り血糖値の上昇とともにどこか活力のようなものを与えてくれていた。

自身の身体の状態をよく理解している拓斗は、まだ自分が一般的な人間――それも前世での人間と同じ生理作用を持っていることにある種の驚きを感じながら、逆に英雄《名も無き邪神》や《イラ教》の信徒による祈りのブーストについて思いを馳せる。

果たして自分は人間なのか否か。

別に面倒ごとさえなければ人間であるという状態にことさらこだわりはないが、逆に言えば面倒ごとがあるのであれば御免被りたいことでもある。

拓斗は、自分自身の調査も折を見てやらねばなと、また積み上げられたタスクが一つ増える事を実感する。

「そういえば、王とアトゥさんは本日は朝からずっとご一緒でしたが、どのような執務を成されていたのですか？」

拓斗が用意されたコーヒーを飲み干し、ふぅと一息ついたタイミングで、エムルが話題を探すようにそんなことを切り出してきた。

話のとっかかりを作るものとしては上等だが、アトゥとしていた相談内容が少々特殊なためにどう説明するかと一瞬口ごもる。

「あー……」

「あっ！　も、もしかして聞いてはいけないことだったとか!?　も、申し訳ございません！　私ったら！」

「ち、違いますよ！　何勘違いしているんですか！　変な勘ぐりはやめなさいエムル！」

拓斗の逡巡をどのように受け取ったのか、エムルが途端に顔を赤らめて謝罪の言葉を述べる。

その態度をどう受け取ったのか、さらにアトゥまでもが顔を赤らめると慌てた様子で否定する。

「いや、先日のサキュバスからの提案について相談していたんだ。神の国についても関わってくるから、できれば僕らだけで話をしておきたかったんだよね」

変な勘違いをしている二人とは裏腹に、拓斗だけは冷静に相談内容について説明を行う。

ダークエルフたちを国家の運営に参加させるという方針の手前、あまり拓斗とアトゥが二人きりで物事を決めるのは避けたいところだ。

エムルなどは変な勘違いをしているようだが、

これがモルタールやギア辺りに伝わって不安や不満を持たれても困る。

だからこそ拓斗はこの案件に関しては例外的な話であり、ダークエルフたちが入り込む余地はないと言外に匂わせたのだ。

プレイヤー関連の話題は、このような形で濁すことが拓斗の中で通例となっていた。

「そうでしたか。私ったら、な、なんて想像を……本当に申し訳ございません！　そうですよね、王とアトゥさんが二人きりでそんな、……私ったらなんてはしたない考えを！」

「き、気にしないで」

とは言え、拓斗の懸念は無用の長物だったことはエムルの反応を見れば明らか。

自分の想像が間違いだったと気づいたのか、この年頃のダークエルフは逆に先ほどよりも狼狽し始める。

正直何を想像していたのかは気になるところだが、下手に突っ込んでも藪蛇なのでこのまま何も見なかった聞かなかったことにしておくのが良いだろう。

拓斗はこの場にモルタールやギアがいないことに内心で安堵する。

忠誠心が強い二人がいたのなら先のエムルの態度は間違いなくとがめられていただろうし、その過程でエムルが抱いたあまりよろしくない想像が白日の下にさらされるからだ。

それはそれで、拓斗にとって非常に恥ずかしいことになるので勘弁願いたかった。

「しかしサキュバスですか……。私たちにとって伝承の存在。まさか現実に現れるとは思いもよりませんでした。それに人知を超えたあの巨大な幻影も……もしやかの者たちは王のように神の国からやってきたのでしょうか？」

「もしかしたらね。神の国の話は君たちが知るべきでないものも含まれている。だからアトゥと相談していたんだよ」

「いえ、そのような理由でしたら当然かと。しかしながら我らダークエルフも、その身の及ぶ限り、王のお力にならんとしていることをどうかお知りおきください」

「もちろん、勝手に話を進めるようなことだけはないから安心して。みんなの力は頼りにしているから」

「というかエムル。貴女たちの献身がないと私と拓斗さまが比喩無く眠れなくなるので働くのは必然ですよ」

「現状でもみんなの睡眠時間は結構削れているけどね……」

ここらが妥当な説明か。

拓斗もこの辺りは探り探りな部分がある。できれば情報を共有しておきたいが、さりとて共有しすぎるのもまずい。

ただ最低限敵が油断ならない存在であるという認識は持っているようなので現状は良しとする。

エムルの作った菓子……焼き菓子をパクリと口に入れる。

甘い味わいと香りが口いっぱいに広がる。上質なバター、ミルク、小麦粉をふんだんに使ったものだ。拓斗はあいにくこういったものに詳しくないので今口にほおばっているものが何か分からないが、以前緊急生産で生み出した現代のレシピ本をいくつか渡したことがあったので、その中にあるどれかなのだろう。

糖分が身体を巡り、ゆっくりと頭が冴えてくる。

「ふぅ。とりあえず会談の件はまだまだ先の話だし、今後ダークエルフの皆も交えて細かく検討しよう。そうだ、本会議は後で正式に行うとして、折角エムルにきてもらったんだし現状の進捗でも確認しておこうかな。アトゥ、エムル。どうかな?」

どうせ休憩が終わればまた打ち合わせが始まるのだ。

であれば少しだらけた形になるが飲み物と菓子を片手に話を進めるのも悪くはないだろう。

そういう意味を込めて提案してみると、アトゥとエムルから好意的な返事をされる。

「はい、では現状で上がっている報告についてお伝えしますね」

「折角の休憩ですから、話題の種にさらっと行きましょうか拓斗さま」

後ほどモルタール老らダークエルフとの会議で詳細を検討するとは言え、事前の確認は必要だ。

特に現在は拓斗が病み上がりということもある。実のところ調子は問題ないのだが、それでも長らくある種の昏睡状態だったことは事実だ。

己の頭が錆び付いていないかを確認するためにも、拓斗は念のため事前に情報をとりまとめておくことを選んだのだ。

「まず、今回の戦闘――空白地帯と化したレネア神光国にて発生したクオリア勢力との戦闘の結果についてです。ヴィットーリオさんと《日記の聖女》との戦闘の結果、日記の聖女に何らかの覚醒が発現。当初の予定であった南方州の掌握は失敗。ただし正統大陸との接続領域に属す都市セルドーチは我が国へ編入、地域一帯を掌握し対クオリアの最前線となっております」

「うん、ヴィットーリオの報告とも、こちらで確認した情報とも合っている。日記の聖女の動向が不明だから注意が必要だけど、どうも彼女はコントロールが効かない様子だからいくらでもやりようはある」

「クオリアとしても今は崩壊したレネア神光国地域の立て直しに忙しいでしょうから、積極的にこちらへ手を出す余裕はないと見て良さそうですね拓斗さま」

先日の事件。舌禍の英雄ヴィットーリオがレネア神光国が残した土地を掌握しようと暗躍した事件は、マイノグーラを含め大陸に大きな変化をもたらした。

その一つがマイノグーラの新たな領土獲得。

正統大陸への接続領域と、レネア神光国の一部領域。

それらはマイノグーラの国力が増加する得がたい功績ではあったが、同時に巨大な問題をもたらしてきた。

「それよりも、新たに編入した都市の事が気になるんだけど……その、どんな感じ？」

「王が懸念されているとおり……かなり修羅場です」

「やっぱりかぁ……」

それがこれ。

単純に得た領域が巨大すぎて管理が追いつかない問題である。

わかりきっていた事実を改めて突きつけられた形にはなるが、うれしくも頭が非常に痛い悩みであった。

「人材の育成も急ぎで進めておりますが、それ以上に拡張の速度が速すぎます。おそらく次の会議ではこの辺りの嘆願が主となってくるかと思います」

「ドラゴンタンですらようやく落ち着いてきたって感じなのに、さらにですからね。下手したら今のマイノグーラの総人口を超えているかもしれません」

（ゲームでは都市を編入したら数ターンの間都市が混乱状態になってたけど、こっちは国規模で混乱……か）

遠い目をしながら過去の記憶に思いを馳せる。

ゲームと現実は違うとはこの世界に来てからいやというほど思い知らされた事柄だが、一番の理由が書類仕事というのは予想外にもほどがあった。

とは言え、前世における先進的な科学技術と行政システムがあったとしても全く無くなる気配もそぶりも見せなかった難敵だ。

商業ＡＩが軌道にのれば人類の生活は一変するなどと言われていたが、おそらく人類と書類の友情は永遠に途切れることはないのだろう。

「とりあえずは対症療法的な感じしかないかな。幸いセルドーチの都市は住民がイラ教の教徒だ。マイノグーラに従順だし、一旦レネア神光国だった頃の統治システムをそのままスライドさせる形で時間をかけて手を加えていこう。ついでにヴィットーリオを働かせるのも悪くない」

「働きますかね？」

「働かせるんだよ。無理矢理にでも」

ヴィットーリオは設定上、コントロールがきかない。

だがこの問題も現実とゲームの差異が出ているようで、ある程度ならこちらの話も聞いてはくれるようだ。もっとも、ある程度でしかないが。

おそらく先日の格付けが効いたのだろうが、あれがなければある程度ですらコントロールは不可能だっただろう。

そんなヴィットーリオであるが、能力だけは優秀なのだ。特に内政面に関して。

彼はそのスキル構成が全て他者への嫌がらせに特化しているが、反面それらは頭脳面に秀でるものが有するスキルなので必然的に地頭が良い。

伊達にイラ教の裏で君臨しているわけではなかった。

「頭だけは優秀ですからね。あれも余計なことさえしでかさなければマイノグーラにとって有益だったのに……」

「まっ、それも彼の魅力ということで」

アトゥの非難にお茶を濁した答えを返す拓斗。

見方を変えればヴィットーリオをかばうようなその言い分にアトゥの眉間にしわが寄る。

あっ、これは機嫌が悪くなる前兆だと素早く察して脳内で彼女の喜びそうな言葉をいくつかピックアップしていたその時だった。

コンコンと、ドアがノックされ何者かが来訪する。

「どうぞ」

一瞬アトゥとエムルに視線を合わせ、頷く。

椅子から立ち上がったエムルが談話室の扉を開けると、その場にいたのはモルタール老だった。

「失礼致します。王よ、我々では少々判断がつかぬ事柄がございまして――ドラゴンタンに滞在中のとある旅人が、王への謁見を求めているのです」

テーブルの上に並べられた食器と食べかけの菓子を一瞥すると、一瞬鋭い視線をエムルに向けるモルタール老。

こりゃ後でうまく誤魔化してあげないとかわいそうだなと拓斗が考えている間に、アトゥが先の報告について彼に詳細を求める。

「普通に考えればどこの馬の骨とも分からぬ者と王が会う理由も必要性もありませんが、貴方がここまで話を持ってくるということはそうではないのですねモルタール老」

マイノグーラの王ともなれば、日夜様々な者が謁見を求めてやってくる。

不遜にも己の立場をわきまえず邪悪なる存在と取り引きを行おうと考える者も少なくはない。商人、傭兵、吟遊詩人、よく分からぬ素性の者が拓斗に一目会おうと悪戦苦闘するのが今のドラゴンタンだ。

だがそれら時間を割くに値しない輩の対処はモルタールよりもさらに下の者に任せている。もちろん門前払いという形でだ。

だからこそ、彼がここに来ているということは重要性が高いと判断されたことになる。

一体誰が？　思い返しても現状では自分に接触を求める重要度の高い人物に思い当たる節はない。

一体どんな名前がそこから飛び出してくるのか？　拓斗が少しばかりの興奮を胸に宿しながら、その老練なダークエルフの口から語られる名前を持つ。

　そして……。

「はい。その者、我らが知らぬ奇異なる出で立ちをしており、ただし佇まいは一流の戦士のそれ。そしてなにより――自らを『勇者』と名乗っております」

　拓斗の眉間に深いしわが寄る。

（やれやれ、どうやら早速《出来損ない》を影武者として運用する必要があるらしいね）

　目の前にモルタール老がいる手前、呆れてため息をつくことも出来ない。

　もっとも、よしんばため息をつけたとしてもこの状況が良くなるわけでも無いが……。

　拓斗は運命の歯車が自分たちの想像を超える速度で回り続けていることを実感するのであった。

SYSTEM MESSAGE

現在のマイノグーラ保有戦力……

【都市】

首都　大呪界

都市　ドラゴンタン

　　　セルドーチ

【配下ユニット】

英雄　　　汚泥のアトゥ

　　　　　エルフール姉妹

　　　　　幸福なる舌禍ヴィットーリオ

ユニット　足長蟲　首狩蟲　ブレインイーター

　　　　　巨大ハエトリソウ　破滅の精霊

　　　　　出来損ない

【対外勢力】

フォーンカヴン	同盟
聖王国クオリア	冷戦
レネア神光国	滅亡
エル＝ナー精霊契約連合	冷戦

OK

第二話　勇者

　マイノグーラへの譲渡から発展めざましきドラゴンタン。ヴィットーリオによる拓斗を神として奉る宗教——通称《イラ教》の伝播によって都市自体がすさまじい速度と異質さによって開発されているマイノグーラ第二の都市だ。

　邪悪な国家の都市とは思えぬほど活気にあふれ、王たるイラ＝タクトの権威と力がどれほどのものかをその在り方で万民に示す街。

　だがその行政の中枢たる都市庁舎は久方ぶりに物々しい雰囲気に包まれていた。

　この日、拓斗とある人物が会談を行うこととなっていたからだ。

　その人物こそ〝勇者〟——。すなわち例の魔王軍とＲＰＧ陣営に何らかの関わりを持つと思われる者。

　果たしていかような理由でマイノグーラに接触を図ってきたのか？

　ただの騙りや道化なら杞憂であったと胸をなで下ろすこともできよう。

　だがそうではないことは拓斗が彼との謁見を了承したことからも明らかである。

　ただ曇天が、これからの行く末を怪しく指し示しているようでもあった。


　ドラゴンタンの応接室、かつて《ブレインイーター》によって凄惨な殺戮がなされたその場所では、現在拓斗とアトゥ、そして彼らに謁見を求めた二人の男女が対峙していた。

部屋に漂う一種の物々しい空気。

　重苦しいそれを無理矢理払うかのように、男が意を決して口を開いた。

「あー、わざわざ悪いね！　まさかいの一番にアンタが会ってくれるとは思わなかった。えーっと、マイノグーラ王でいいのかな？　その、王さま相手だけど敬語とかちょっとなれないんで勘弁してくれよな！」

「……別に、かまわないよ」

　軽薄そうにそう語る男は歳の頃十七、八程度。拓斗より一つ上か同じ程度、そう変わらぬ年齢であることは確かだ。

　とりたてて気にすることはない。一見するとなんの変哲も無い男子に見えるが、その特徴的な容姿がその男が拓斗と同じプレイヤーであることを如実に語っている。

（そういえば《出来損ない》越しとは言え、プレイヤー本人を見るのはこれが初めてか……。こうして見ると僕とそう変わらない感じなんだけど、彼も『ブレイブクエスタス』に関する何らかのトッププレイヤーなのかな）

　この世界では珍しい黒目黒髪。見知らぬ、だが自分の世界でも比較的ありふれたデザインの学生服。

　そして『ブレイブクエスタス』のものと思われる腰に携えた刀。

　一目見てコミュニケーション能力が高いと感じさせられる爽やかな笑顔と、パーソナルスペースに無遠慮に入ってくる親しげな態度。

　まるで物語の主人公か少女漫画に出てきそうな人物が、自らを勇者と名乗る男だった。

　拓斗は静かに男を観察する。

　あまりにもできすぎたそのキャラクター性に何らかの偽装の可能性も考えたが、天井裏に隠れる《出来損ない》は《看破》の能力を有しており、現状では特に警告も来ていない。

相当高度かつ特殊な能力を使っている場合を除き、自分と違って目の前の人物は本人で間違いないだろう。

（トッププレイヤーかつコミュ強……やりにくい相手だなぁ）

『拓斗さま、例の者で間違いありません』

ソファーに座る拓斗の隣で警戒の態度を隠そうともしないアトゥが、少々場違いな感想を抱いていた拓斗だけに聞こえるよう、念話で報告してくる。

事前に勇者と名乗る者が謁見を求めていると報告を受けた時点で、おおよその見当はついていた。

すなわち『ブレイブクエスタス』魔王軍との戦闘の際、魔王と双子の姉妹の戦いにおいて突如乱入した部外者。その男だ。

その言動や身なりをアトゥの視界を通じて知っていた拓斗は、この男が『ブレイブクエスタス』――すなわちＲＰＧ勢力のプレイヤーで間違いないだろうと確信していたのだ。

ゆえに拓斗はこの面会を受け入れたし、今も最大の警戒をもってこの場にいる。

それこそ、相手が凶行にでようとも拓斗本人は一切被害が及ばぬように周到な準備をもって……だ。

『とりあえず相手の出方を見る。何か必要があれば都度念話で指示するから、今は警戒しつつ黙っておいてくれるかい？』

『かしこまりました。何かあればすぐご命令ください』

相手が不審を覚えないわずかな時間に配下とのやりとりをすませると、拓斗はこの世界において初めてともいえる、他プレイヤーとの平和的な接触を図ることにした。

「さて、わざわざ我々のテリトリーに来てくれたことにまずは感謝を述べるよ。マイノグーラの指導者、伊良拓斗だ。ＳＬＧのプレイヤーと言った方が、わかりやすいかな？」

「あ、ああ！　それで大丈夫だ!!」

王としてのロールプレイは正直なところあまり得意ではない。

加えて最近ではダークエルフたちの前で自分をさらけ出し過ぎているきらいがあるので格式張った態度は久方ぶりとも言える。

だがそれくらいの緊張感の方が相手に威圧感を与えるし、下手に気を抜いてぼろが出ない分やりやすい。

そのような意図をもって《破滅の王》として発言したのだが、どうやら相手に対して良い感じにイニシアチブをとれたようであった。

本拠地である大呪界に入れるのを嫌ったとは言え、応接室での謁見などという一国を治める王にしては異常とも言える対応についても一応誤魔化せているようで一安心である。

「いやぁ、なんか悪いね。急にアポ取ってもらって。こういう雰囲気はどうもなれなくってさ！　俺は一応ＲＰＧのプレイヤーってことになるのかな？　神宮寺優（かみみやでらゆう）っていうんだ。名字はちょっとややこしいから気軽に優ってよんでくれよ、よろしくな！」

「それはこれからの話題次第、かな。さてＲＰＧのプレイヤー神宮寺優。僕らと君はその立場から決して友好的とは言えない間柄のはずだ。どうしてこのような機会を望むに至ったのか、その経緯を聞かせてくれるかな？」

勇者とは言え、相手はＲＰＧ勢力だ。

すなわち先の戦いで打ち破った魔王軍も彼のシステムの範疇に入る形となる。

であれば明確に自分たちの敵であり、現在戦争中の間柄、それも相手側から一方的に仕掛けられる形で……。

そのことを理解してなおこの場にノコノコとやってくること自体、理解しがたい状況である。

　だが先の魔王軍との戦い、その最終局面で彼は望まれぬ形とは言えエルフール姉妹に助力している。

　魔王軍と勇者の関係性は決して友好的なものではない。

　破滅の王のように配下を召喚し支配する立場ではないのだ。

　その一点だけが、拓斗が彼との対話を選択した理由となっていた。

　さて一体どのような言葉が出てくるのか。

『Eternal Nations』やそのほかのゲームで様々な状況を経験した拓斗としてもこのようなやりとりは初めてだ。

　やり合うにしろ、手を取り合うにしろ、まずは相手のスタンスを把握しないことには何も始まらない。

「うっ、その……ええっと……」

　だが予想とは裏腹に優は口ごもるだけだ。

　どうやら威圧が少々効き過ぎたらしい。相手を警戒しすぎたか？　もしくは演技か？　相手も同じ出自ならばこういう荒事や交渉にはなれていないのではないか？　いくつかの予測が瞬時に頭を駆け巡り、こちらから少し助け船を出すべきかと口を開こうとした時だった。

「ご主人さまが緊張している！　えっと、頑張ってください、ご主人さま！」

「お、おう！　ありがとな！」

　先ほどまで彼の隣で口を閉ざしていた少女が応援の声を上げげた。

　ちょうど拓斗の隣に座るアトゥ、彼女の対面に座る形となった少女だ。

　拓斗は気取られぬよう、先ほどまである意味で気配を感じさせなかった少女を観察する。

（…………ちょっと不思議な格好だな）

　一人の少女。年齢は勇者より少し低い程度。ぼろを身にまとい首輪をつけたその容姿は奴隷のソレであったが、優との距離も近いし当然のようにソファーに座っている。

　その関係性は主と奴隷にしてはいささか距離が近く、どちらかというと拓斗にとってのアトゥのような、いわゆる股肱（ここう）の臣と表現した方が正しい気がする。

（だとしたらどうしてそんな格好をさせているんだろう？　まぁ装飾品はそれなりのものっぽいけど……）

　魔法の道具かなんらかの装備品か、両手にいくつかつけられた装飾品は価値がありそうだが、衣服に無頓着なのは疑問だ。優と違い武器を携帯していないのも少し奇妙に思う。

　違和感が先行するが、情報が足りない時点で判断するのは早計だろう。

　だが勇者であるこの男が従えている以上、警戒をおろそかにする理由もない。

　ともあれ判断材料はまだまだ欲しいところ、今は様子見だ。

　幸いなことに奴隷の少女が放った激励で優の勇気も燃え上がったのだろう。

　先ほどのどこか萎縮した態度とは違って、今はキリッとした真に迫る表情でこちらを真剣に見つめている。

　そう判断し、拓斗は事の推移を見守る。

「今回、王さまに提案することはただ一つのシンプルなこと——俺たちと手を組んで、例のサキュバスに対抗して欲しいんだ」

　今度は拓斗が別の意味で気圧されそうになる中、ようやく話の本題が優から切り出された。

（対抗……と来たか。ありがたい話だけど、同時に疑問も増えたな……）

　優の提案に拓斗は気取られぬよう内心でひどく顔をゆがめる。優もまた自分の提案が些か常識外れであることを理解しているのか、少しバツが悪そうに笑ってみせた。

「ご主人さま！　ここ！　ここ決め台詞ポイントですよ！　ほら、早く！　カンペです‼」

「えっ⁉　マジで……、じゃあ、ごほんっ！」

少女が手元からメモ用紙のようなものを取り出し、こっそりと――拓斗たちにはバレバレだが、優に見せる。

するとと拓斗が思っていたよりも長い間カンペの内容を確認していた優は、よしっと小さくつぶやくと演技めいた表情と態度で手を広げてみせる。

「改めて、俺の名前は神宮寺優。担当神は《ふざけた神》、専用遊戯は『ブレイブクエスタス』――この世界にやってきた、憐れな神の駒（プレイヤー）さ」

まるで物語の一幕で、盛大な見せ場を演出するかのように言い放ってみせる優。

その堂々とした態度と自分に自信がある表情を向けられ、拓斗は実に苦手なタイプだなと正直な感想を抱くのであった。

ブレイブクエスタス wiki

勇者

やみを　打ち払う　僕らの　ヒーロー
世界を　まもるために、 魔王ぐんとたたかうぞ！

プレイヤーが操る主人公。

勇者は総合的な戦闘能力に優れ、補助や回復魔法なども使える便利な存在。

また勇者専用装備やアイテムなども利用できるため、総合的な能力はパーティー随一。

ただし魔法使いや戦士などの特化型キャラには専門分野で劣るため、足りない分を仲間で補う必要がある。

拓斗は何も言えなかった。

優に圧倒されていたからだ。

それは相手に萎縮したという単純な話ではなく、今見せている彼の満足そうな顔と、まるで物語の王子様でも見るかのような奴隷少女のキラキラとした瞳。

そして何よりその恥ずかしい決め台詞に、何かしら自分の中にいるもう一人の自分が顔を押さえながらゴロゴロと床で転がり回っていたからだ。

しかしながらそんな拓斗の内心で渦巻く共感性羞恥のことなど知ってか知らずか、この勇者と奴隷は二人の世界へと突入していく。

「しゅ、しゅごいです！　ご主人さま、かっこよすぎます！」

「えっ？　そ、そうかな！　ふふふっ、やっぱ出ちゃってたか。俺のかっこよさ！」

「はい、すごいです！　三千世界に響き渡りますよ、ご主人さまのかっこよさ！」


拓斗が必死の思いで羞恥心の泥沼から這い出ている最中、件の二人はすごく盛り上がっていた。

女子のヨイショに鼻の下を伸ばすその態度はこの場に到底ふさわしいものではないが、彼の人間性や親しみやすさを示すという点ではこれ以上はないと言うほどに効果的だろう。

ようやく落ち着いてきた拓斗もどこか人間味のある態度に少しばかり親近感を抱く。

とは言え、だ。

名乗られた以上、こちらも正式に名乗っておく必要があるだろう。

「先ほども名乗ったとおり。伊良拓斗、専用遊戯はＳＬＧ『Eternal Nations』。マイノグーラを治めし《破滅の王》と名乗った方が、こちらの世界ではわかりやすいかもね」

恥ずかしくない程度に気合いを入れ、拓斗も名乗る。

《専用遊戯》等という単語も正直初耳ではあった。

だがここで相手に意味を問うて情報面の不利を悟られる訳にはいかない。おそらく言葉通りどのゲームのシステムを有しているかを示すものだと当たりをつけてそのまま押し通す。

無論そのような状況だ、相手ほどのインパクトは出ていないだろうが、ここは別にインパクト勝負をする場所ではないので問題ない。

それよりもとばかりに、アトゥから慌てたように念話が飛んできた。すなわちゲーム名を明かしたことの真意を問うものだ。

『よろしいのですか拓斗さま……』

『うん、まぁ名前は今更だし、ゲーム名もさすがにこれだけユニットを運用していたら詳しい人ならすぐに見当つくからね』

これだけマイノグーラという名前が広まっている以上、すでにゲーム名秘匿の優位性は失われているだろう。

名前だけでは『Eternal Nations』まで推測できないのでは？　と思われるかも知れないが、ドラゴンタンでは《足長蟲》や《ブレインイーター》が我が物顔で闊歩（かっぽ）しているのだ。

それに立ち並ぶ特徴的な建築物に、極めつけは【人肉の木】。

まぁ隠すのも無駄だろう。『Eternal Nations』というゲームを知らずとも、SLGであろうというのも察しの良い人間ならすぐ分かる。

それよりも下手に取り繕って相手に足下を見られる方が問題だ。相手はプレイヤー。

互いが対等の立場であり、つけいる隙は無いぞと印象づけることは重要であった。

アトゥもそれで納得したのか、以後はまた命令されたとおり沈黙を貫く。

（それにしても……）

少々厄介なことになったなと拓斗は内心で歯噛みする。

（担当神か……まいったな）

優は《《ふざけた神》》が自分の担当だと先ほど名乗った。

この言葉だけで相手の背後に神なる存在がいることの証明、そしてこの世界が神々の代理戦争の場だということとの推測の補強ができたことになる。

値千金の情報と言えるが、一転して問題なのが拓斗が自らの神を知らないという致命的な事実だった。

「あーっと、知らないゲームだな……。ってかそもそもあんまゲーム詳しくないんだけどな。あっ、けどシュミレーションゲームは分かるぞ！」

「シミュレーション、だよ」

どうやら優の興味はゲーム名の方に行っているようだ。

ここは少しリップサービスでもして軽く『Eternal Nations』の説明でもしてやるか？　相手の意識がそちらに向かいこちらの神について誤魔化しがきけば上等だ。

そう考えていた拓斗ではあったが、だがその目論見はもろくも崩れ去る。

「そういえばご主人さま。伊良拓斗さまの担当神はどんなお方なのでしょうか？」

「そうそう、忘れてた！　担当神はどんなやつだ。俺のところみたいに変なやつか？」

（余計なことを……）

奴隷の少女の行動が意図したものか偶然かは分からない。

だがあの場面で神の名を名乗らないのは確かに疑問に思っても不思議ではない。

彼女が指摘せずとも優本人が自然と気づく可能性はあった。

分の悪い賭けは、どうやら当然のごとく敗北の結果に終わるようだ。

いぶかしむ優を余所(よそ)に拓斗は考えを巡らせる。

さてどう答えたものかと。

そもそも担当神という名称も今聞いた。

おそらくいるだろうと予測していたが、意外なところでそれが確定になったといったところか。

テーブルトークRPG勢力との戦いの際、何らかの巨大な力の介入があったことは拓斗自身も実感している。おそらくソレが神同士のやりとりだったのだろう。

拓斗自身、テーブルトークRPGの仕組みを利用してGM権限そのものを手に入れるというのはかなりのルール違反を犯している自覚はあった。

普通に考えて、ペナルティがあってしかるべきだろう。

ゆえに、あれはテーブルトークRPGの神による拓斗へのペナルティと、SLGの神によるペナルティ阻止だったと判断しても差し支えない。

となると……。

(間違いなく、僕にも担当神とやらがいる)

だとしたらさっさと自分に会いに来て欲しいというのが正直な感想ではあるし、おまえが会ってくれないから今情報面で遅れているんだぞと愚痴りたくもなる。

(加えて、「俺のところみたいに変なやつか?」ときたか。これ間違いなく向こうは直接神との接触を果たしているってことじゃないか。下手すると……いや下手しなくても神から何らかの情報を受け取っているな)

優はこの場に拓斗の共闘を持ちかけにやってきている。そして相手はサキュバス陣営だ。

すなわち、その決断に至るなんらかの情報を彼らは有していると断言して間違いは無いだろう。

相手は神から便宜を図られている可能性が高い。

その事実に心底うらやましく思いながら、拓斗は思案する。

(まずはさしあたって神の名だ。適当な名前をでっち上げるか?　どうせ確認する術はない。むしろ訂正しに僕の担当神が接触してきてくれれば万々歳だ)

そう考えてその場で思いついた名を告げようとしたが……。

「……《名も無き神》」

拓斗の口から出た言葉は、不思議と聞き慣れたものだった。

（……？　この名は、確かに適切か。でも……）

英雄《名も無き邪神》。

それは拓斗がこの世界にやってきた時に依り代となった未設定の英雄の名だ。

そして現在その何者にもなれるという特殊かつ曖昧な性質ゆえに一時的に封印状態となっている能力でもある。

かつて戦った繰腹慶次（けいじ）がゲームマスター、目の前の神宮寺優が勇者とするのならば。

拓斗は《名も無き邪神》という英雄指導者なのだ。

その名前が出てきたことが、少し不思議でならなかった。

（まぁ神っぽい名前としてはありなのかな？　《名も無き邪神》と《名も無き神》だと混乱もさせられるだろうし。変な名前をつけるよりは誤魔化しもきくか）

「とりあえず、そう覚えておいてくれ」

一言そう付け加え、返答とする。

《名も無き神》

拓斗は自らの担当神をそうであると名乗った。

あくまで仮定の名前であり、相手にこちらの情報不足を悟らせないためのブラフであるが、相手に気づかれている様子はない。

「そっか。そっちの神も変な名前だな。まぁ神なんて案外そういうものなのかもしれないな！」

気楽な感想をうらやましく思う。その神とやらが自分たちの運命を好き勝手いじくり、今でもこの様子を見ながらほくそ笑んでいるかもしれないというのに……。

拓斗としては頭の痛い問題に気が気でないが、自分ではどうしようもない出来事に頭を悩ませ病むのもまた無為な行動かと少しばかり考えを改める。

一旦保留。永遠に保留となる案件かもしれないが……。

ともあれ、今必要なことは目の前の優との交渉だ。ここでの回答が今後のマイノグーラ、ひいては拓斗たちの運命に大きく影響していることは明らかなのだから。

「それで、どうかな？　一緒にサキュバスに対抗する件。マジであれと俺たちは相容れないんだ。絶対ぶつかる運命にある」

提案自体は魅力的だ。同じプレイヤー勢力が味方になるというのであれば、これほど頼もしい存在はいないだろう。

特にＲＰＧとなると様々な魔法や能力が存在する。システムの詳細はまだ明らかではないが、なんらかのアドバンテージがあることは確実だ。

だがまだここでハイと頷くわけにはいかない。

「サキュバスへの対抗か……興味深い話だけど、その前に質問だ。僕らは一度魔王軍の襲撃を受けている。キミとあれがどのような関係性かは知らないが、この件をうやむやにするわけにはいかない。交渉も何も、まずはその問題を解決することが先だろう」

ジャブ気味に指摘し、相手の出方を窺う。

本気で非難しているわけではない。相手の痛いところをついて、返答の内容から相手の考えや方針、そして秘めたる目的を推察しようとしてるのだ。

「あー、それなんだが、悪い！　魔王軍はうちの神が勝手に召喚したやつだからさ。そもそも俺の管理外だ。そうだろ？　魔王軍を使役する勇者なんてあまりにもゲームとして破綻している。そんなの『ブレイブクエスタス』じゃあない」

「ではマイノグーラを『ブレイブクエスタス』の魔王軍が襲ったのも本意ではないと？　そんな話が聞けるとでも？」

「あれはどうも元々俺らの腕試し用に準備されたみたいだったんだが、正直その辺りはすまなかったと思っている」

「そんな都合の良い話があると思うかい？　あんまりなめてもらっては困る」

苛立っている風を装うため、語気を強める。

同時に念話でアトゥに指示を出す。

するとに控えていたアトゥがまるで主の意を受け取ったかのように背中から触手を生やし、その先端を優たちに向ける。

無論仕込みであるし絶対攻撃しないように伝えた。

あくまで緊張感を出す演出に過ぎない。

（さて、どう反応するかな？）


「そもそも、君たちは僕らと協力関係を築きたいようだけど、それに関するこちら側のメリットが提示されていない。特に魔王軍のコントロール権がないと分かれば、キミの戦力はキミとそこにいる子で全部だろう。勇者がいくら強いと言えど、あまりにも戦力差があると考えられないか？」

拓斗の揺さぶりに優は少し慌てた態度を見せる。

少しというのがポイントだった。これは自分たちの危機に慌てふためくというよりも、どちらかといえば話がこじれそうなことに慌てているように見て取れる。

つまり彼自身、もしここでマイノグーラと敵対したとしても最低でも逃げ延びる算段はつけているのだ。

ずいぶんとなめられたものだとは思うが、同時に勇者という能力を与えられたプレイヤーならばその自信もありうるかと納得する。

「いやいや、実に魅力的な提案だと思うけどな。

一陣営でやるよりも二陣営でやった方が楽って感じじゃん。うん、そうだよ。そうだよな？」

「そのとおりですご主人さま！　1たす1は2ですよ！」

（うーん、ここまで挑発しても一向に意に介さず……か）

アトゥには攻撃しないよう厳命している。その上で相手を挑発する意図で殺気を飛ばせと指示している。にもかかわらずあの態度。

かつてエルフール姉妹と対峙していた魔王を一撃で撃破してみせたことからも、相当な力量を有していると断言できる。

これ以上の挑発は流石にこちらの分が悪くなる。拓斗とて実際に戦いを始めたいわけではないのだ。

「確かに数は多ければ多いほどいいだろう。烏合の衆と化す危険性はあるが、それでも数は力となる。ああ、なるほど人的リソースの問題か。サキュバスの軍勢に対抗するために、同じく軍勢を有するマイノグーラと組もうとしたってわけか、キミの魂胆が見えてきたな。……それで？」

すなわちこちら側のメリットは何か？　だ。

相手側の事情は分かった。人的リソースが不足していることも、何らかの事情でサキュバス陣営との敵対を確実視していることも。

だがそれは相手側の事情を打ち明けられたに過ぎない。まだ話を聞く余地はあると判断した段階であり、加えて現状ではメリットがあまりにも薄い。

その意図を込めて、先程の言葉とした。

だが拓斗の問いに優が答えを持ち出す前に、少々慌てた様子のアトゥの声が念話を通じて飛んでくる。

『拓斗さま？　もしや条件によっては協力関係を築くことをお考えでしょうか？　相手は素性の知れない者、それもプレイヤー。あまりにも危険かと』

その言葉は拓斗が内心で抱いている危機感と寸分違わぬものだ。拓斗はそれが嬉しかった。

『ああ、安心して。あくまで相手の出方を見るだけのものだから。そもそもプレイヤー同士なんてわかり合えないでしょ？　アトゥの言うとおり素性も怪しい上に、腹に何を抱えているか分かったものじゃな――』

「ああ、王さまの怒りももっともだ」

アトゥとの念話に意識を割きすぎていたか、それともそれは必然か。

念話を強引に打ち切られるかのように優から告げられる言葉。

一見して先程とは変わらぬ声音と雰囲気。

だが風向きが変わった。

「だからこちらの誠意としてこれを渡そうと思う」

当然のものとして紡がれる謝罪の言葉。だがその次に起こる異常な出来事は、拓斗を驚愕せしめるに足るものだった。

どこから、そしていつの間に取り出したのか。

警戒にあたっていたアトゥが反応する間もなく彼の手に現れた一振りの剣。

華美にならない程度に装飾の施された鞘に納められたそれは、窓から差し込む光を反射し淡い光を放っている。

「――っ!?」

それを見た瞬間。拓斗は彼にしては珍しく明確に混乱をきたし、この場で初めて動揺の態度を見せる。

それは隣に座るアトゥとて同じだ。

なぜこれがここにある？　その疑問だけが繰り返し頭の中で反芻され、思考の大部分を困惑で満たす。

「俺はこれを〝勇者の剣〟と呼んでるけど、そっちの呼び名は違うんだろ？」

（そのとおりだ。これは間違っても勇者の剣なんかじゃない。これは、これは……）

「そちらの名前はたしかこうだったかな――」

あるはずがない。彼が持っているはずがない。

一体どういう仕組みで？　それよりもなぜ自分たちにとってこれが必要だと？　突如もたらされた、拓斗たちにとってある意味でアキレス腱ともなるそれ。

同盟を検討するに足る。圧倒的な材料。

それこそが……。

「〝レガリアの宝剣〟」

マイノグーラが《次元上昇勝利(アセンションヴィクトリー)》を成し遂げ、失った全てを取り戻すために必要な要素。「レガリア」と呼ばれる勝利条件の、その一つであった……。

Eterpedia

次元上昇勝利（アセンションヴィクトリー）
勝利条件

～勝利を讃えよ。新たなる次元へ到達した喜びを祝福せよ。ここに神の国の門は開かれ、汝らは神の愛のなか永遠の存在へと至った～


次元上昇勝利は特定のレガリアと呼ばれる条件を達成することで到達が可能な勝利です。

レガリアの種類は複数存在しており、どのようなレガリアをいくつ入手する必要があるかを調査することも勝利条件の一つに入っています。

またレガリアはかならずアイテムという形を取るわけではなく、何らかの実績解除を指す場合もあります。

これらの必要条件および難易度はゲームの設定難易度に応じて変動します。

数あるレガリアの一部は以下のとおりです。

・特定アイテムの作成
・特定アイテムの入手
・特定人材の入手
・特定技術の解禁
・大帝国の製作
・特定ユニットの撃破

一瞬の空白。そして沸き立つ怒り。

してやられたという思いと同時に、相手が自分が想像していたよりも危険な存在であるという警戒。双方に緊張が走る。

「おっと！　そう殺気立つな！　この子が怖がる！」

奴隷の少女をかばうように手を広げる優。その主人公然とした対応は、幸いなことに冷静さを取り戻すことに貢献してくれた。

舌打ちを一つ。

ここで相手に手を出すのはあまりに悪手。最悪レガリアが失われる可能性がある。

『Eternal Nations』の特殊勝利、次元上昇勝利（アセンションヴィクトリー）。

それはレガリアと呼ばれるいくつかの条件を満たすことによって成し遂げられるゲーム中で最も達成難易度が高い勝利だ。

そしてユニークユニットの撃破や帝国の創設、特定建築物の設置など——複雑な条件の中に、秘宝の入手というものがある。

その秘宝の一つが〝レガリアの宝剣〟。

『ブレイブクエスタス』において勇者の剣と呼ばれる存在がどうして自分たちにとっての秘宝となるのか？　そしてなぜ直感的に確かにこれがレガリアであると確信できるのか。

本来それぞれのゲームは交わらないはずだ。拓斗もテーブルトークＲＰＧやＲＰＧ勢力と何度か戦いを経てきたが、今までそのような気配は見られなかった。

だからこそ、彼がこの宝剣を差し出してきた時に一拍の空白を生み出してしまったのだ。

だがこれはある意味でチャンスでもあった。

この出来事一つから様々な情報を推察できる上に、何よりこの宝剣を入手できれば一つ次元上昇（アセンション）勝利（ヴィクトリー）に近づく。

拓斗は予想外の出来事で沸き立った熱を意図的に冷ますと、冷静さを忘れず事態の推移を見守る。

「勘違いしないで欲しいのは、俺はマジでタクト王と仲良くしたいって考えているんだ。本気で俺たちの目的にそっちは関係ないからな」

「どうして僕らがレガリアを欲していることを知っているのかとか、なぜ勇者の剣とレガリアの宝剣に互換性があるのかとか、聞きたいことは多いけど……。確かに手土産としてはなかなか魅力的だね。しかしいいのかい？　勇者の剣は『ブレイブクエスタス』でもかなり重要なアイテムだったはずだ」

勇者の剣とはその名のとおり、勇者の象徴とされる武器である。

ゲーム上では他にも最強の武器があるため、実際装備としては微妙なのだが……。

それよりもゲーム進行で必要になったり特定キャラとのイベントに必要になったりと何かと重要な位置を占めるアイテムである。

彼を取り巻く『ブレイブクエスタス』というシステムがどのような状態にあるのかは分からない。

だが様々なイベントのトリガーとなっているこの剣は、おいそれと渡して良いものではないのは確かだ。

「……話を変えるけど、タクト王や俺たちは神の思惑によってこの世界にやってきた。そこまではいいよな？　じゃあこの世界がゲームだとして、クリア条件はなんだと思う？」

突然、優が真剣な表情で問うてきた。

クリア条件。それは拓斗が今まで知らなかった情報だ。

否……今この瞬間、全く別の意味を持つ未知の情報に変わった。

なぜならこの質問をすること自体、ゲームのクリア条件が存在するとして、それが通常考えられるようなわかりやすいものではないことを示しているからだ。

「……全敵対勢力の撃破。ようは自分たちの陣営が最後の一人まで生き残ること。じゃないのかい?」

「――違う。答えは、神のみぞ知る、だ」

「どういうこと?」

最初の質問から単純な生き残りがクリア条件でないことは分かったが、それにしても曖昧な話が出てきたものだ。拓斗は相手の口を軽くするために適切に相づちをうって続きを促す。

「そういう反応がでるよな。俺もそうだ。うちのアホ神が言うには、この遊戯に参加している神のほとんどは勝利を目標としていないということなんだ。だからと言って何も考えずに暇つぶしとして参加しているというわけでもないらしい」

「神は強大であるがゆえに、その真意を推し量ることは困難である。というわけか」

納得はいかないが一応理屈づけてみたといった様子の拓斗の言葉に、優はまさしくそのとおりだと相づちを打つ。

(神にそれぞれ目的があるとして、なぜこの世界で争わせるような形をとった? それ以前に、ゲームのシステムやらプレイヤーの転移者とか、余計な要素が多すぎる。――いや、あくまでゲームを行った上での目的なのか?)

主がスムーズに会話を続けていることをすかさず褒める奴隷少女の声援を聞き流しながら、拓斗は神々の意図、そして背景を探るために思考を加速させる。

『Eternal Nations』でもいた。縛りプレイや条件達成プレイ等の特殊な条件をクリアすることを目標とする人たちが……。

いや、それでも制限を課した上で勝利を目指すはずだ。とすればどちらかというと勝負そのものを楽しむタイプか。

前世ではいわゆるエンジョイ勢と呼ばれた勝ち負けにこだわらないタイプの人々を思い出し、拓斗はそういうこともあるかと一定の納得を得る。

「過程で何をするかが重要なんだ。少なくとも俺たちはそれを求められている」

「つまり神は、僕らが勝利することではなく、この世界で何を成すのかを見定めていると？」

「俺はそう考えている」

優も神から勝利条件を伝えられているわけではないらしい。

ということは、彼がサキュバス陣営に対抗しようと考えるのは、あくまで彼自身の問題や自陣営の生存が目的だからだろう。

「この〝勇者の剣〟もそうだ。『ブレイブクエスタス』というゲームをやるのなら重要なアイテムだが、俺たちの目的には合致しない。だからわざわざこれを提供することを良しとしたんだ。意外とレアなんだぜこれ。知ってるかもしれないけどな！」

それは理解していると、拓斗は頷いた。

確かに手土産になるほど十分な価値があり、同時に相手側の誠意をよく感じられる一品だ。

そしてここではねつけてしまうには惜しい条件だ。

レガリアの宝剣は確保しておきたいし、裏がなければ勇者との同盟は魅力的。

サキュバスはさておき、彼の言うとおり数でまとまればそれなりに有利なのだから。

「俺は王さまたちの目的が何かは知らない。そこまでは教えてもらえなかった。ただまぁ、仲良くできると言われたからやってきたんだけどな。そう考えると俺ってばあのアホ神のいいように使われてるって感じだな。なんだか腹が立ってきたぞ」

神々の目的は分からない。目の前の男もそれを知らないだろうし、いくら揺さぶったところでこれ以上有益な情報は出てこないだろう。

拓斗は人物観察が得意というわけではないが、かといって推論や推察が不得意というわけでもない。

少なくとも、今までの会話の内容から神宮寺優というプレイヤーが何を求めているかは理解できた。

（なるほど。何をおいても自分たちの生存が第一って感じかな？　誰だって死ぬのは怖いし、特にこの世界は命の危険が常にある。逆に能力を嵩(かさ)にかけて博打に出る方が珍しいか？　僕だってそんな危険は冒したくないし……）

　自分のように何も知らずただゲームを遊んでいただけの身でこの世界にやってきたというのであれば、存外彼の目的は自分と似たようなものなのかも知れない。

『拓斗さま。いかが致しますか？　レガリアは最悪取り返しがつきます。ここは安全策を取ることも可能かと思いますが……』

　次元上昇勝利(アセンションヴィクトリー)に必要なレガリアは、規定数を集める必要がある。

　だが逆に言えば規定数を満たしてさえいれば良いのだ。

　つまり取りこぼしが可能。

　ここで相手側の申し出を断り、最悪レガリアの入手に失敗したとしても取り返しがつくのだ。

　だがわざわざくれると言っているものを拒否する理由もどこにもない。

『もう少し情報を収集したり検討する時間があればまた話は違ったんだけど……。向こうが狙ったかどうかは分からないけど、なかなか狡(ずる)いやり方だなぁ』

　いままでのやりとりや話の流れからしても相手がこちらを謀(たばか)っているという線は薄いだろう。

　しかしながら拓斗としてはもう一押しが欲しかった。こちらが相手の行動に納得するだけの強い理由だ。

　今の状況では片手落ちだ。

　神宮寺優という人間が生存と平和を第一に考えているとして、そこに至る動機が弱いのだ。

なにせ相手は勇者と呼ばれる存在。

それがたとえ『ブレイブクエスタス』というゲームの皮を被っていたとしても、その中身は何らかのトッププレイヤーか特異な能力を持つ者なのだから……。

だがそれを証明するピースは意外なところに転がっていた。

それは、拓斗が隣に座るアトゥの様子を確認するためにそっと視線を向けた時のことだった。

アトゥからのどうしますか？　との意図が籠もった視線を受けた時、拓斗の脳裏に一つ閃くものがあったのだ。

そしてそれは、目の前の勇者が持つ強烈な動機足りうると確信できる者だった。

すなわち――。

「『ブレイブクエスタス』にはオリキャラシステムというものがあったはずだ」

「うっ!!」

その反応で、拓斗の考えは確信に変わった。

『ブレイブクエスタス』というゲームは多くのＲＰＧを差し置いて名作の地位に昇る偉大なるゲームではあるが、その中でも特徴的な仕組みが存在していた。

それがオリジナルキャラクターシステム――通称オリキャラシステムだ。

主人公である勇者とその仲間。それらに加えて自分で設定したキャラクターをいつでもつれて行くことができるのだ。

はじめは弱く、ほとんど役に立たないようなキャラだが、育成次第でどんな敵すらも寄せ付けない最強の仲間となる特別な一人。

好きな子の名前を密かにつけてゲームを遊ぶ。

数あるシリーズが発売されるたびにいろんなところで行われる、いわば恒例行事。

そんなシステムが存在していたことを、今はっきりと思い出した。

（まぁあのシステムがあるからセーブデータ消えた時の悲劇は計り知れないんだけどね……）

拓斗はあいにくオリキャラシステムを利用したことがなかったのでその悲劇は経験したことはないが、技術の発達でデータ消失の可能性がほぼなくなった現代ですら未だにトラウマが再燃している人をチラホラ見かける辺り、当時流された涙は数知れずといったところだろう。

自分はどうやら少し難しく考えていたらしい。少なくとも、彼の背後にいる存在はさておき彼はとてもわかりやすい人間のようだ。

拓斗はチラリと奴隷の少女に目を向ける。

――つまり。

「もしかして……僕の考えた最強の嫁」

「ぐわああああ！」

「ご、ごしゅじんさまーっ！　あたま、あたま痛いのですか⁉　突然どうしたのですかご主人さまーっ‼」

その言葉を聞いた瞬間、優が大声で叫びながら頭を抱えて身もだえする。

テーブルトークＲＰＧのプレイヤーである繰腹慶次もそうだったが、意外と拓斗が考えるよりもプレイヤーという存在は人間味にあふれるらしい。

むしろ彼が今まで戦ってきた『Eternal Nations』の上位プレイヤーたちが非人間じみていただけかと認識を改め、拓斗は一つの決断を下す。

「いいだろう。協力関係を受け入れよう。ただし他勢力への積極的な敵対じゃなくあくまで防衛を主目的としたものだ。君にとってもそっちの方がいいだろう？」

「ま、まぁ正直言うと……」

『えっ、えっ、どういうことでしょうか拓斗さま？　どうして急に協力を受け入れたのですか？　先ほどまではあんなに慎重だったのに……』

『どちらにしろ、この段階での判断は早計って感じかな？　まずはレガリアの確保を最優先にして、彼らに関しては表面上は仲良くしておこう』

『は、はぁ……ところでその、最強の嫁とは一体？　何かのキーキャラクターですか？』

『いやキーキャラクターでは……あるのか？　あるかも？　ま、まぁそれについては後で説明するよ』

この辺りの年頃の男子が持つ特別な感情についてはさておき、どうして協力に至ったのかはあとでアトゥにも詳しく説明しておかなければならないだろう。

その後はダークエルフたちマイノグーラ首脳陣か……。

テーブルトークＲＰＧの魔女であるエラキノによって拓斗は一度痛い目を見ている。その場にいたダークエルフたちもこの時の事件はある意味でトラウマとなっている。

彼ら彼女らにとってプレイヤー陣営というのは鬼門に等しいのだ。天敵とも言えよう。

経緯や利を説くにしても理解を引き出すのは易しい問題ではないだろう。

レガリアの宝剣やプレイヤーの協力者。

警戒を怠ることはできぬものの、得たものとしては大きい。だがそれに伴う代償もまた小さくはないだろう。

話がどんどんと複雑化してくる中で、拓斗はいつになったら穏やかに過ごせる日が来るのかと少し暗澹たる気持ちになる。

「えっと……？　さいきょうのよめ……って何ですかご主人さま？」

「な、何でもない！　何でもない！」

慌てたように誤魔化す優と奴隷の少女を見やる。

自分もアトゥが大のお気に入りのキャラで、はたからみたら異常な執着を見せていたであろう手前、拓斗としてはあまり優の行動を悪し様に非難はできないのであった。

ブレイブクエスタス wiki

オリキャラシステム

傑作 RPG「ブレイブクエスタス」シリーズにおいて、シリーズを代表するシステムの一つ。

プレイヤーはゲームの初期および早い進行段階から、特定のオリジナルキャラをパーティーに加入させることができる。

このキャラクターは名前、設定、外見、戦闘スタイルなどを自由に決めることが出来、プレイヤーと共に行動をしてくれる。

シリーズを通して戦闘能力は低いが、育成限界が無いため根気よくプレイすれば最強キャラへと成長することが可能となっている。

※「ブレイブクエスタス３」ではオリジナルキャラの性別を女性にしていると一定期間敵に寝返るので注意が必要。
※「ブレイブクエスタス７」では性格を「自由奔放」にしているとゲーム中盤で恋人がいることをカミングアウトするので注意が必要。

第三話　説得

大呪界、マイノグーラの【宮殿】。

会議の間。

緊急の要件として集められたダークエルフたちは、隠しきれぬ不満の表情で拓斗の説明を受けていた。

「此度の件。王の決定とは言え全面的な賛同はいたしかねますな」

ＲＰＧ勢力のプレイヤー。

勇者ユウとの協力体制の構築についての報告。

ことのあらましを伝えた上で配下から返ってきた反応はモルタール老の言葉に集約されていた。

彼らが何も伊達や酔狂で異を唱えているわけではないことをよく理解している拓斗は、極めて冷静にその反応を受け止める。

「うん、君たちが僕のことを心配してそう言ってくれるのは予想していた。……ヴィットーリオとしてはどう思うかい？」

何を思ったのか珍しく会議に参加し、珍しく騒ぐことなく静かに話を聞いていた《舌禍の英雄》に拓斗は水を向ける。

折角この場にいるのだから、彼を利用しない手はなかった。

「おんやぁ？　吾輩の意見が必要かと？　吾輩よりもすごくて、吾輩よりも素晴らしい偉大なるイラ＝タクトさまがいるのであれば、吾輩の浅知恵など必要ないのでは。どうせ吾輩なんてマイノグーラには必要ないんだ……マヂつら、リスカしょ」

ふざけた態度だが、この場をかき回すには都合の良い相手だ。

マイノグーラの最終決定権は無論拓斗にあるとしても、ここで無理にダークエルフたちの意見を押しのけて事を進めるには少々まずい。

彼らを慮（おもんぱか）るというよりも、いらぬコストを将来払いたくないという考えだ。

だからこそ硬軟織り交ぜ説得し、彼らに納得してもらう必要があった。

ちなみにアトゥはこの場にいない。

いると間違いなくダークエルフたちの味方をするであろうし、ヴィットーリオと一緒に会議に参加させるとケンカを始めて最悪時間だけを無駄にする。

「手首を切りたいならわざわざ自分でやらなくても喜んでやってくれる子が沢山いるんじゃない？　ほらそこのエルフール姉妹とかさ？　――話を戻すと、僕としては今回の同盟は一定の利があると踏んでいる。ただ僕とは違った視点からの意見も聞いてみたくてね」

「なんかそこにいるくそガキどもが吾輩の手首に熱い視線を向けているんですがぁ……。まぁ勇者と言っても実のところ文無しの無頼人、権力者に媚売って良いおべべとおまんまってのは魅力的だったのでは？」

「……その視点はなかった。そうか、彼らは国を持たないから自分たちで食い扶持を稼がないとダメなのか」

本筋としては彼に別のメリットを語らせてダークエルフたちを納得させるつもりでいたが、意外に面白い意見が出てきた。

今まで国家の王として生活面では何不自由なく暮らしてきた拓斗である。

食糧すら緊急生産で用意できる彼としては、この世界で暮らすということを甘く考えていたと言われれば否定はできないだろう。

「あっちの地元じゃ魔物を倒すとゴールド落とすらしいですが、それってこの世界じゃ使えないんですよねぇ！」

「うーん。宿泊場所のグレードを上げて、加えて小遣いでも渡すか？　印象アップがどういう影響を与えるか分からないけど。まぁ姑息な手だよね」

「衣食足りて礼節を知る、ですぞ神よ！　意外とそういう現実的な部分が、大切なのでぇす！　誰しもが原始的な欲求を殺して高尚な意志を持てるわけではないのです！」

ヴィットーリオの言葉にダークエルフたちの反応がほんの少し和らぐ。

それならば理由になるか？　との反応だ。彼らは神宮寺優について、魔女エラキノたちと同じく奇異なる能力を用いる異界の存在であると認識している。

すなわち苦汁を嘗めさせられた魔王軍やテーブルトークRPG勢と同じくくりなのだ。協力関係などもってのほかと意固地になるのも無理はない。

その認識を少しずつ和らげ、思う方向に誘導するのが今回の会議を開いた隠された目的でもあった。

もっとも、拓斗自身もRPG勢への警戒は怠ってはいないが……。

「それに実際レガリアも受け取ってしまっている。これほど礼を尽くしてくれた相手だ、無下に扱うのは避けたい。危険性があるからと粗雑な対応をするのは王としての品位を問われるからね」

「そんなの無視して借りパクしてしまえばいいのでわぁ？」

「そうはいかないでしょ……」

そうもいかない理由は拓斗の性格的なものではない。

約束を反故にしろとの先ほどヴィットーリオの言葉に対し、射殺さんばかりの視線を向けているダークエルフたちが理由だ。

拓斗自身は正直なところ寝返り裏切りは戦争の華だと認識している。だが彼らはそうではない。

ダークエルフたちはマイノグーラ王イラ＝タクトという存在に夢を抱いているのだ。

自らの王は何よりも邪悪で、何よりも偉大で、そして何にも侵されることのない絶対の存在。

そのイメージを種族全体で強く共有しているからこそここまで忠実に拓斗に尽くしてくれている。

ある意味で彼らもまた、イラ＝タクトという存在に幻想を抱いているのだ。

その幻想を毀損する行為は何よりも避けなければならない。

さもなくば国が足下から崩壊するだろうから……。

「そういえば、他の国に行かなかったのはどうしてでしょうか？　エル＝ナー――現サキュバスの国やクオリアに向かってもおかしくはなかったですよね？」

「年頃の男子がサキュバスの国に行ったら十中八九食われるでしょうが。んでんでクオリアは宗教国家ゆえにしがらみが大きくてノウ！」

エムルの言葉にヴィットーリオが間髪いれず答える。

他の中立国家の名前が挙がらないのは単純に国力不足だ。

消去法で行くと中立国家と平和な関係を築いているマイノグーラが一番無難……となってしまう。

改めて事実を並べてみると、意外と優も苦労しているんだなという気持ちになってきさえする。

「どちらにしろ今の状況で判断は早計かな？　もちろん警戒と監視は行うとして、モルタール老たちは一旦納得してくれるかい？」

「忸怩たる思いを抱いておりますが、必要とあらば仕方ありますまい。かの者が王に献上したレガリアは我らマイノグーラの悲願に必須とのこと。後は王に万が一のことがあらぬよう、我らがより警戒を高めるだけですじゃ」

どうやらダークエルフたちの意見は賛成に向い

たようだ。

消極的な賛成といったところだが、拓斗としても同意がとれればそれで良いので問題ない。

そもそもこれから優との関係がどう転ぶかも分からないのだ。マイノグーラ全体の意思が統一されていれば問題なかった。

「しからば王よ、ヴィットーリオ殿を勇者ユウなる者の監視として加えることをお許しいただきたい」

「ヴィットーリオを？　それまたどうして？」

ギアから物言いが入った。実のところその要望自体は話の流れから理解できたが、ヴィットーリオを毛嫌いしているギアがその申し出をしてきたことに興味が湧く。

あえて知らない振りをして理由を尋ねてみると、面白い答えが返ってきた。

「悔しいがヴィットーリオ殿の力量は本物。人物を見定める観察眼は王を除いて他の追随を許さぬでしょう。であれば……まさに監視の任を命ずるにうってつけかと」

「ふむ……」

実に理にかなった願いである。

ヴィットーリオが持つ複数の能力は基本的に都市の撹乱（かくらん）やユニットの混乱洗脳に特化している。

だが彼自身が設定として持つ人心掌握の術は、人の機微を見定めることに相性が良い。

スパイユニットとまではいかないが、怪しい動きや発言などを見つけることは難しくはない要求だ。

私心を押し殺して国家と王の為になる選択を献言するとは、相変わらず頼もしいと感じられる。

とは言え……。

（まぁヴィットーリオ本人がギアの期待どおりに監視任務に就くはずがないのでこの要求は通らないに等しいんだけどね！）

ギアもまだまだ学ぶべきことが多いと言えよう。

そもそもヴィットーリオを最初から作戦に組み込むことが間違いだ。

彼の興味が向く先が都合良く自分たちと同じであれば、後で作戦の方を修正する。これがヴィットーリオの基本的な運用方法である。

だがそんな上級者向けの運用方法を理解していないギアは早速ヴィットーリオのおもちゃになっている。

「感動した！　吾輩感動しましたぁぁぁ!!　なんたる忠義、なんたる信頼！　ギア殿、吾輩は、吾輩はギア殿を勘違いしておりましたぁぁぁ!!」

「おい、叫ぶな！　そしてつばを飛ばすな汚いぞ！」

「ギア殿とのわだかまり、これで解消ってことでOKですよね？　吾輩とギア殿は、もうなんていうかズッ友っていうか、マブダチっていうか、そういう感じのあれこれですよねぇぇ!?」

「つばを飛ばすなと言っている！　というか話を聞いていたか!?　ちゃんと監視の任務ができるんだろうな!?」

「うーん、どうだろ？　吾輩できそう？　ううん、吾輩ちょっと無理かも？　無理だってギア殿。なので自分たちで頑張って、言い出しっぺでしょ？」

「そこになおれ！　今日こそそのふざけた寝言をほざく顔を胴体から切り離してやる！」

「んまっ！　バイオレンス！」

ギャアギャアとギアとヴィットーリオが騒ぎ始める。

モルタールたちもあきれ顔だ。

もうこうなったらしばらくは会議再開できそうにないな……。

そう諦めの境地に至る拓斗ではあったが、そもそも主目的も達したことだし、これ以上議題にあげることもないかと席を立つ。

うまくうやむやにすることもできた。ダークエルフたちの反発を危惧していたが、この程度まで抑えられたのであれば後はなんとかなるだろう。

「…………よし！　休憩にするか。自室に戻ってるから落ち着いたら誰か呼んでね」

　そのまま後の騒乱を残った者に任せ、退室する拓斗。

　機会を目敏く見つけ同じタイミングで抜け出してきたエルフール姉妹が拓斗の左右に付き従いながら質問してくる。

「王様は今回の件、どうなると思っているのですか？」

「王さま、すごく楽しそうー」

「うーん、どうだろうね？」

　そう曖昧に答える拓斗の表情は、メアリアの言葉どおり至極楽しそうであった。


　結局、その後どのようなやりとりがあったのかは分からぬが、会議はそのままお開きとなってしまい、翌日続きをすることとなってしまった。

　拓斗としては一日程度の遅れは許容範囲内だと思っているのだが、今日は少し問題がある。

「落ち着いた？」

「も、申し訳ございません……」

　反省しっぱなしのダークエルフたちから謝罪の言葉が次々と述べられる。

　ギアだけでなくモルタール老やエムルまで頭を下げているのはこの騒ぎをとめられなかったことに責任を感じているからであろう。

「そうですそうです！　なんと不甲斐ないことですか！　いたずらに挑発に乗って騒ぎ立て、大切な会議の時間をふいにするなんて。今日はこの私がいる限り、そんな無様は許しませんよ！」

　そう、これが本日存在する少々厄介な問題だった。

「アトゥ」

「はい！　拓斗さま」

ニコッとご機嫌な笑顔が返ってくる。自分がいるからもう大丈夫とでも言いたいのだろうか？

何を根拠にその自信と笑みをこちらに向けてくるのか拓斗には一切分からないが、とりあえず最悪の事態を回避するために念押しだけはしておく。

「アトゥも何があっても爆発しちゃダメだよ？　いい？　アトゥにしかお願いできないんだからね。もう一人は話聞かないから……」

「もちろんです！　お任せください！」

アトゥが自信に満ちていれば満ちているほど、拓斗としては不安になる。

だが今回の問題はマイノグーラ全体の問題にもなるため、アトゥの不参加は流石に難しい。

とりあえずこのまま進めるしか無いだろうと拓斗は諦念を抱きながら気持ちを切り替える。

そしてようやく本題に入れるとばかりに、恐縮しっぱなしのダークエルフたちを見回す。

なおもう一人の当事者であるヴィットーリオは鼻歌交じりに折り紙で両足がついた鶴を折っていたので放っておく。

「昨日の続きになるけど、勇者ユウとの協力は最大の警戒をしつつも継続していくことになる。これはマイノグーラ全体の利益を考えた判断だ」

今度はダークエルフたちから反論は出てこなかった。今までの話に納得したというのもあるが、気まずさから声を上げづらかったというのも多分にあるだろう。

狙ってやっているのだろうが、実にいやらしいやり口だ。

内心でほくそ笑みながら拓斗は話を続ける。この調子で彼らを説得し、己の目的を納得させるために。

すなわち全陣営会談への参加。

それはすでに拓斗の中で決定していたことだ。情報面で後れを取るわけにはいかないし、神宮寺優との約定もある。

サキュバス陣営の魔女ヴァギアの罠である可能性は非常に高いが、だとしてもこの千載一遇のチャンスを逃す手はどこにもない。

ゆえに、拓斗はこの決定だけは強引にでも押し進めるつもりでいた。

だが同時に、配下の者たちが納得するだけの、否――納得せざるを得ない手段を持ち合わせてもいた。

「さて、勇者陣営との協力関係についてはこれで決着したが、その上でまた皆に一つしなければならない話がある」

視線が一斉に集まる。拓斗は皆の顔を一通り見回し、静かに語り出す。

「先だってサキュバスより開催の告知が上がった全陣営会談。僕はこれに参加しようと考えている。本来ならこれは君たちにも相談すべき内容だ。だがこの問題は僕自身にとっても重要な意味を持つから、通常とは違った意思決定方式になってしまったことを許して欲しい。この決断は覆らない」

「「ははっ!!」」

ダークエルフたちがその場で頭（こうべ）をたれる。

それは拓斗があまりにも強い言葉を使ったためだ。日頃から配下を慮る発言をすることが多い拓斗がこのような言葉を使うのはもしかしたら初めてかもしれない。

その内にある決意と重要度を改めて認識したダークエルフたちは、この決定に異を唱えることの危険性をすぐさま理解する。

だとしても。それでもなお。

王たるものが危機に瀕する可能性があるとするなら、不敬を承知で献言するのが配下の務めである。

それが、忠誠というものであった。

その矢面にまず立ったのはモルタール老だ。

「事情は把握いたしました。王にとって重要であり、かつてより懸念としていたエル=ナー精霊契約連合のもとへと会議に向かうとのこと、実に国家の大事であると理解しております」

老賢者が口火を切り、ギアが次いで具申する。

「しかしながら王よ！　己の立場をわきまえず具申お許しください！　此度の遠征、あまりにも危険に過ぎると愚考いたします。無論、勇者ユウ殿との関係、我ら矮小なる身では計り知れぬご事情があろうかと存じます。ですが協力関係になって日も浅い中で、素性も知れぬ相手の本拠地に同行など、あらゆる面で危険があり、臣下として到底承服しかねます」

彼の言うとおり危険性は高いだろう。

優が途中で裏切る危険性もさることながら、よしんば彼が問題ないとしても開催地に指定されているのはエル＝ナー精霊契約連合の首都。

すなわち敵地のど真ん中だ。

普通に考えればここで会談への参加を良しとする臣下はいないだろう。

だがその前提を覆す策を拓斗は有している。

だからこそ、ここまで強い言葉を使ったとも言えた。

「うん、みんなの懸念はもちろん理解している。だから僕は今回行くつもりはない」

ダークエルフたちより困惑の声が漏れる。

一体どういうことか？　という単純な疑問だ。だが先ほど全陣営会談に参加すると王は言った。だが次いでの言葉でそれを覆すのか？　といった意図を理解できない混乱の呻きだ。

拓斗はその反応にいたずらが成功した子供のように楽しげな笑みを浮かべると、今すぐその疑問を解消してやるとばかりに本日の会議に無理矢理連れてきた道化師の男へと視線を向ける。

「そういうことだからヴィットーリオ。よろしく」

「え？」

予想外とでも言いたげな驚きの表情でこちらを見つめ返すヴィットーリオ。

拓斗はその態度にどうせ言わずともその予想はしていたんだろうとばかりに胡乱げな視線を向けると、ダークエルフたちにも説明する意味を込めてあえて自らが考えている作戦を説明してやる。

「いや、君の能力はこういう時のためにあるんでしょ？　《偽装》の能力、忘れたとは言わせないよ？」

ヴィットーリオの《偽装》は《出来損ない》の《擬態》と性質を同じくする能力である。すなわち任意の人物になりきることができ、さらにそれは通常の手段では見破ることはできない。

加えてヴィットーリオは戦闘行動が行えない代わりに死亡しても本拠地で復活できる能力を有している。

危険性の高い今回の会談のために用意されたと言っても過言ではないものだ。

「んおまちくださぁい我が神よ、吾輩たまっていた有給休暇の消化を申請しておりまして。当日は家族サービスで旅行にいく予定でスケジュールが詰まっているのです！」

「他の陣営の人たちと遊べるよ？」

「あらやだ！　吾輩ちょっと心が揺れちゃう！」

《出来損ない》の《擬態》とヴィットーリオの《偽装》。これで少なくとも自分とアトゥの影武者を送り込める。ヴィットーリオは死んでも復活するし、最悪《出来損ない》が撃破されても許容範囲内だ。

リスクを抱えずに最大限のメリットだけを享受する。実に効率的な作戦だと拓斗は考えていた。

《出来損ない》の擬態なら拓斗が遠隔操作で喋らせることが可能だし、ヴィットーリオの偽装なら彼が拓斗の望む通りにイラ＝タクトを演じてくれ、不測の事態にも柔軟に対応してくれるだろう。

今はふざけた態度で煙(けむ)に巻いているが、やる気になれば間違いなく己の使命を遂行するであろうことは疑いない。

ゆえにヴィットーリオと《出来損ない》を送り込むのは最も効率的かつ安全な策なのだ。

そのことをこの場にいる全員が納得できるよう説明する。

「ちょ、ちょ、ちょっとお待ちくださいい拓斗さま！ え？ え？ その、影武者っておっしゃいました？ この目にするのも吐き気を催すゴミくずが、拓斗さまか私のどちらかに変身すると!?」

アトゥが彼女らしからぬ狼狽で拓斗に詰め寄る。

半分涙目な辺りかなりショックを受けている様子だ。それもそうだろう。アトゥとヴィットーリオの仲は犬猿と評するに余るほど悪い。

とかく《汚泥のアトゥ》という英雄はヴィットーリオという存在の全てを嫌っているのだ。

にもかかわらず影武者となるなど言語道断の行い。

ヴィットーリオが自分に変身することを拒否すれば彼はアトゥが敬愛する拓斗に変身するだろう。

逆に拓斗に変身することを拒否すれば、彼は嬉々としてアトゥに変身し、その一挙手一投足を演じてみせることは間違いない。

どちらに転んでも最悪極まりない。

そしてこれは拓斗の王としての決定であるがゆえに、否定することは許されない。

袋のネズミとはこのこと。アトゥの顔が絶望に染まる。

「ほうほうなるほど、ではではさっそくぅ――」

そんな態度をしているから隙をつかれるのだとは、はたして誰の感想なのだろうか。

ヴィットーリオが心底うれしそうに、本当に心から幸福を感じているかのように満面の笑みを浮かべると、突如両手を奇妙に動かし奇異なる踊りを始める。

そして彼の輪郭がジジジと歪み、そこに現れたのは……。

「ふふふ。こんな感じでどうかなアトゥ。僕だよ、キミの主のイラ＝タクトだよ」

　本人とうり二つの姿、だが言いようのないうさんくささをその顔に浮かべた伊良拓斗がそこに現れたのであった。

「おぎゃあああああああ！」

「「うわっ！」」

　女性があげるにしては品がなさ過ぎる叫び声とともにうずくまるアトゥ。

　普段なら見せぬであろうその反応にダークエルフたちはおろか彼女との付き合いが長い拓斗ですら何とも言えぬ表情を浮かべる。

　だが周りが引いていることなど今のアトゥには関係ないらしい。

　彼女はすさまじい勢いで顔を上げると、まるで飛びかからんばかりの勢いで偽イラ＝タクト……すなわちヴィットーリオへと詰め寄る。

「ちょ、ちょっと何やってるんですかあなたぁぁぁ!?　よ、よりにもよって拓斗さまに！　不敬です！　あまりにも不敬！　今すぐその偽装をやめなさい！」

「え～？　あんだってぇ？　吾輩最近耳が遠くて～、キンキンとうるさい小娘の戯れ言がどうにもこうにも理解できぬのでありまぁぁっす！」

「ぐぬぬ……拓斗さまの姿ではなかったら今すぐぶん殴ってるのに……」

　拓斗の姿で心底うれしそうに笑うヴィットーリオ。

　殴りたいが殴れない、そう言わんばかりにいつの間にか出した触手をざわざわと蠢かせるアトゥ。

　これだからこの二人を交えて会議するの嫌なんだよなぁ……。

　予想していた終了時間を後ろにずらしながら、拓斗はまずはアトゥをなだめることを先決とする。

「まぁまぁ落ち着いてアトゥ。どちらにしろこれ以上の作戦は思いつかなかったしさ。僕らの安全がこれで買えると思ったら安いものだよ。またあ

んなことにはなりたくないでしょ？」

「う、ぐぬぬ……それはそうですが。ううっ、拓斗さまぁぁぁ！」

　よほど悔しかったのか、半泣きのまま拓斗にすがりつくアトゥをあやしながら、視線を自分の姿をしたヴィットーリオへと向ける。

《偽装》の効果は完璧だ。今は彼がわざとふざけた態度を取っているため簡単に見分けがつくが、本気で拓斗の演技をすれば違いなど分からないだろう。

　システムによる変装が通常では見破れないことは、テーブルトークＲＰＧ勢力に襲撃を受けた時にすでに理解している。

　相手が看破系の能力を有してでもいない限り、この偽装が見破られることはない。

　システムによってその性能が保証される偽装能力。

　これらが今回の作戦において重要な要素となっていることは間違いなかった。

「吾輩、ちょっと楽しくなってきましたぞ！　今回の全陣営会談。実にエキサイティングかつワンダフルな結果になりそうですなぁっ！」

　ヴィットーリオが乗り気になった。

　今回の作戦、その唯一の懸念点はヴィットーリオの気まぐれだったのだが、その辺りは全陣営会談という特上の餌によってうまく興味を引くことができたみたいだ。

「しかしながらお一人で行かれるのは流石にいかがなものかと。王が供回りもつけずともなると軽（かろ）んじる者も出てきましょう」

「もう一人は《出来損ない》だね。あの子も《擬態》を持っているから、どちらかに変化してもらうよ。そうすれば主と従者という形で体裁はとれる。勇者ユウも従者と主だけだから、別に目立ちもしないさ」

　であれば……とモルタール老が納得する。

王の権威を低く見られることは許せぬが、理屈としては分かる。

しかしながら多少配下を連れていくべきでは？ と思ったが、その言葉はこの老練な賢者の代わりにアトゥが先に質問をしてくれた。

「ですが拓斗さま？　別にかの勇者に合わせて少数で向かわなくても良いのでは？　ダークエルフはさておき、万が一の弾よけに適当な配下を連れて行っても良いかと思いますが……」

「けどアトゥ。それだとどうしても足が遅くなる。それにこれから行く場所のことを考えるのなら、下手な配下を連れていっても邪魔にしかならないよ」

「拓斗さまの顔と声で喋るなこの道化が！　ぶち殺すぞ！」

「う～ん！　その罵声がここち好い！」

「アトゥ、あんまりそういう言葉遣いは……」

「はっ！　も、申し訳ございません拓斗さま！」

「見ていて飽きませんなぁ、このまな板は」

説明をそのままヴィットーリオに取られてしまったのは別に良い。

むしろ説明してくれるだけありがたいのだが、事あるごとにアトゥを煽るのはやめて欲しいのが本音だ。

ただまぁ変に自分がここで仲裁に入ってもまた元の木阿弥になるだろうことは間違いないので、さっさと話を強引に進めることにする。

「ヴィットーリオ。とりあえずまだまだ時間はあるから大丈夫だと思うけど、準備だけはしておいてね。《偽装》の訓練は……まぁスキルによるものだから気にする必要はないか」

全陣営会談の開催日時はまだまだ先だ。

向こうの言い分を信じるのであればそれこそ全勢力に話をつけに行っているのだから時間もかかろうというものだ。

であればその間に諸々の準備もできよう。

フォーンカヴンとの連携を強化したり、今後の方針を検討したりするも良し。

優との情報交換を密にして、まだ自分たちが知らなかった情報や知見を得るも良し。

イベントは山積みではあったが、騒がしくなるまでもう少し猶予があると言えた。

「ふむふむ。では吾輩はヨナヨナくんの様子でも見てきますかなぁ！　偉大なるイラ＝タクトさまはいかがなさるので？」

「僕はまぁ、君が手に入れたセルドーチの運営かな。あー、でもヨナヨナにも一度会いに行った方がいいかな？　どこかの誰かさんがいろいろ無理難題を押しつけているみたいだし」

やるべきことはいくつかあるが、喫緊の問題は国内の運営だ。

少なくとも大まかな方針は決めておくべきだろう。特に今回新しく支配下に置くこととなったセルドーチの街とその周辺地域だ。

釣った魚に餌をやらぬ男はなんとやらではないが、少なくともかの地かの街をそのまま放置しておくことなどできない。

巨大な地域であるがゆえに管理が大変なのは事実だが、それは同時に見返りが大きいことも意味するのだ。

今後マイノグーラという国家がこの世界で唯一の覇を唱えるためには、その橋頭堡としてセルドーチの支配を盤石にすることは避けて通れない道だった。

「がんばですぞ！」

他人事のようにヴィットーリオが激励してくる。その態度がまた癪に障ったのかすさまじい表情でアトゥが彼をにらみつける。

ダークエルフたちは一様に疲れた表情を見せている。おそらくこの後個別に陳情が上がってくるだろう。

もちろん今後ヴィットーリオとアトゥを同じ会

議に出席させないようにとの要望だ。

言われずとも……ではあったが。

「とりあえず、そういう感じで……」

珍しく曖昧な言葉を締めとした拓斗に対し、いくつかの同情的な視線が飛んでくる。

やることはまだまだある。特に重要度が高いのが勇者チームの力量確認だ。

こちらもまた、マイノグーラの将来を左右する可能性を秘めた軽視出来ぬ案件。拓斗は気持ちを引き締め、漏れがないかと思案する。

だがどうも先程のやりとりの熱が残って集中しきれない。

（ほんと、アトゥとヴィットーリオを一緒にするとろくなことにならないなぁ……）

気疲れはしたが、方針が決まっただけ良しとしよう。拓斗はそう己に言い聞かせ、次の問題に考えを巡らすのであった。

Eterpedia

《偽装》《擬態》

スキル

プレイヤーが指定したユニットの外見へ一時的にユニットを変化させる。

※変化後のユニットは見た目どおりの振る舞いを行う。
※この能力は《看破》系の能力を持つユニットや建物で見破ることができ、《看破》された瞬間に解除される。

閑話　ドラゴンタン

　全陣営会談に参加するという大方針が決定したその翌日。

　拓斗は早速たまりにたまった細やかな雑務を処理することに奔走していた。

　彼がいるのはドラゴンタンの街。

　重要度ではセルドーチが上だったが、こちらの方が時間がかからないと先に済ませることにしたのだ。

　目的は都市の運用状況と実務的な問題が起きていないかどうかの確認。

　発展よりもまずは安定を重視するというのが拓斗が現在ドラゴンタンに求めている方針だった。

　勝手知ったる都市庁舎に入り、慌てふためき恐縮しながら案内を買って出る職員に仕事に戻るよう伝えながら都市長室へと入室する。


「やぁアンテリーゼ都市長。調子はどうかな？」

　ノックの返事とともに軽快な挨拶で入ると、出迎えたアンテリーゼが驚きに満ちた、だがかつてに比べて健康そうな面持ちで出迎えたことに満足する。

「あら！　イラ＝タクト王！　一言おっしゃっていただければお出迎えいたしましたのに！　ささ、どうぞこちらへおかけになって。ああ、私ったら偉大なる王がいらっしゃったというのに満足なお出迎えもできずに……」

「ああ、気にしなくていいよ。勝手にやってきたのはこっちだしね。それにそこまでたいしたものじゃないから……」

「しかし供回りもつけずにお忍びだなんて、臣下としてお諫（いさ）めせねばなりませんよ」

「それは大丈夫。これは影だから。運用試験も兼ねているんだ」

そう言うと身体の一部の《擬態》を解除してみせる拓斗。この程度の操作、もうすでになれたものだ。

「きゃっ！　なるほど……配下の能力でしたのね。それでしたら安心です。いらぬ献言、どうかご容赦を」

アンテリーゼはこの事実を知りようやくこの奇妙な来訪を理解するに至った。

本人はああ言っていたが、王がやってくるにはあまりにも軽々しすぎるし、加えていつもなら必ずいるはずのアトゥがいない。

何か心境の変化でもあったのか、特別な理由でもあるのか？　そう内心で訝しんでいたのだが、影武者の試験運用であるのなら納得できる。

一方の拓斗も、このやりとりには非常に満足していた。

現在拓斗の本体……すなわち本人は大呪界の【宮殿】、その私室にいる。

これは《出来損ない》への視界共有と念話を最大限に利用して、まるで自分がそこにいるかのように振る舞っている偽者なのだ。

なお、これを行っている際は本人が無防備になるという欠点があるが、そこはアトゥやエルフール姉妹が今も付き従って警護してくれているので問題ない。

《出来損ない》の操作も一瞬のラグがあるが、会話程度なら違和感なく行えていた。

であればこそ、ここにいるのはある意味でイラ＝タクト本人であると言っても過言ではない。

（思いつきでやり始めた影武者だけど、これは予想以上に使えるな。少なくとも全陣営会談以降もいろいろと利用できそうだ）

これは新たな力を手に入れたといっても誤りではない。

今までの戦いから分かっていたことだが、いくらゲームシステムの力によって強力な能力を行使できたとしても、プレイヤー自身がやられれば元も子もない。

すなわち、それぞれの勢力にとってプレイヤーという存在は実に使いどころが難しいのだ。

強力無比な能力を行使できるが、落とされることはすなわち敗北を意味する。

ゆえにプレイヤーという存在はできる限り己の居場所を秘匿する必要がある。

テーブルトークＲＰＧのプレイヤーである繰腹慶次はその点で言えば手強い相手とも言えた。

彼がどうなったかは未だ判明していないが、かつて彼は己の身をひたすら秘匿していた。

臆病者と評価するのは簡単だが、その臆病さこそが時として勝利に最も必要なものだったりするのだ……。

彼の臆病さを見習う必要がある。

見習った結果として得たものが、この新たな影武者方式であった。

拓斗はこの方式が今後マイノグーラにとってより強力な手段として活きることを確信する。

「王よ、いかがされましたか？」

不意に声がかかった。

誰と確認するでもない、都市長であるアンテリーゼだ。

どうやら気づかぬうちにまた思考の海に沈んでいたようだった。

拓斗は途中で考え事にふけるのもあまり良くない癖かもなと思いつつ、結果として待たせてしまったアンテリーゼに謝罪するつもりで言葉をかけてやる。

「いや、まだ操作に少し慣れなくてね。これからも頼むよ。君は都市長として実によくやってくれている。そのことに僕はとても満足しているんだ」

「まぁ！　この身がお役に立てたのなら、望外の喜びに他なりません。これからもどうぞ王の望むがままにご命令ください。身命を賭して、このドラゴンタンを治めてみせますわ」

「うん。これはまた褒美を奮発しないといけないね」

信賞必罰は組織を治める上で大切な事柄だ。

アンテリーゼは特に酒類が好きで、その辺りを与えれば喜んでくれるので拓斗としてもやりやすくて良い。もちろん給料面でも報いるが。

頑張る人には沢山の褒美を。それは拓斗にとって当然のことであった。

「ふふふ、期待しております。それで本日はどのようなご予定でしょうか？　幸い都市行政も一段落ついたので王のお心を煩わせるような問題は起きていないと存じておりますが……」

「先ほども言ったとおりこの影の運用が主だよ。後はドラゴンタンの様子も細かく確認しておきたかったからね。ここ最近問題が多くて、どうしても大呪界以外の管理がおろそかになっていたから、時間のある時にじっくり取り組みたかったんだ」

とは言え実際のところ確認することはあまりないだろう。

建築物に関しても緊急生産以降はあまり急いで作らなければならない建物もない。

適切な運用。すなわち都市の運営が安定状態に入っていることこそが拓斗の望みであり、その確認が本旨なのだ。

結局のところ、アンテリーゼのもとに気軽にやってきたように、ドラゴンタンへの来訪は気軽な視察といったところが本音であった。

「なるほど、そのようなお考えでしたか。では私が直接ご案内いたしますわ。王のご命令によって新たに作られた建物含め、この街は今やかつての面影を忘れてしまうほどに発展しておりますので」

「大丈夫？　急に来ちゃったから忙しいなら別の

人でもいいけど」

「いえ、先ほどもご報告したとおり、業務は一段落ついておりますので問題ありませんわ。それに王のご案内とあればこれほど名誉なこと、どうして他の者に任せられましょうか！」

ソファーからぐわっと立ち上がり、気炎を上げるアンテリーゼ。

ややサボり癖があると聞いてはいたが、今回のこれはサボりと言うよりもむしろ本当に時間的な余裕があるがゆえの行動だろう。

それならばと拓斗も快く案内を任せることにする。

よくよく考えれば都市の視察など現在マイノグーラを取り巻く状況を考えればそう何度もできはしない。

ＳＬＧの醍醐味と言えば都市の確認だ。

折角の機会。自分の力で大きく発展したであろうドラゴンタンをしっかりと目におさめておこうと拓斗は気合いを入れる。

「あと……できればヴィットーリオ氏と、例の《イラ教》についても直接ご相談したいと思っておりましたので……」

「お、お手柔らかに頼むよ……」

思わず言葉に動揺が出てしまう。

ヴィットーリオが作り上げたイラ教はどんどんとその勢力を増している。

今では暗黒大陸中に広がっており、その名を知らぬものはいないほどだ。同時にそれらは厄介な問題をもたらすことをも意味している。

狂信的という言葉では表すことが出来ぬほど拓斗を信奉している彼らは、拓斗ですら何をしでかすか分からないのだから……。

「ああ、そうだ。折角ですのでヨナヨナさんもお呼びしましょうか？　王からのお呼び出しとあらばきっと彼女も喜ぶでしょう」

「そういえば、イラ教の管理を任せているんだったっけ？　どう、彼女は？」

イラ教《代理教祖》ヨナヨナ。

ヴィットーリオに見いだされ、イラ教の面倒な仕事の一切を放り投げられている憐れな獣人の少女だ。

だが根が真面目な彼女がイラ教のトップについてくれていた方がいろいろとやりやすい面があるため、拓斗も良くないと思いつつこの人事には口出しをしていない。

まかり間違ってヴィットーリオが自分でイラ教を管理するとか言い出したらたまったものではないから。

そんな拓斗の期待を一身に背負うヨナヨナではあったが、その期待どおりになかなか頑張ってくれているようだった。

「実務の面では将来に期待といった状況ですが、人を導く手管には目を見張るものがあります。彼女を通すと話がすぐ通るので本当に助かっているのですよ。もはやこの都市は宗教都市としての地位を確立してしまったので、イラ教代理教祖の彼女なしでは運営できないとも言えます」

「なるほどなぁ。ヴィットーリオはうまく仕事を振り分けたというわけだ」

「それで、いかがしましょうか？」

「ああ、そうだね。じゃあ折角だし頼もうかな」

イラ教はヴィットーリオが作り上げた巨大なシステムだ。

それはもはや宗教という枠にとらわれず、様々な影響をこの大陸全土に巻き起こしている。

奇しくもマイノグーラと切っても切れない関係となってしまったイラ教のことを考えながら、今後どういう方向性に持って行くのがベストか、拓斗はぼんやりと考えるのであった。

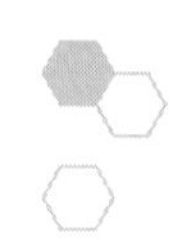

その後、都市庁舎から出た拓斗はアンテリーゼを案内役としてドラゴンタンの視察を始める。

かつては荒れ果てた街だったはずのこの場所は、今や目を見張るほどの反映を見せている。

【人肉の木】や【酒池肉林】、【異形動物園】といったマイノグーラ固有の建物が邪悪な国家としての威を示し、追加で建てられた住居や各種商店などが街の発展と繁栄を支えている。

道行く人々の表情も明るく、活気にあふれている。

重要施設である【龍脈穴】も掘り起こされ、淡い緑の光とともに大地のマナをつきることなく生み出している。

マイノグーラの第二都市として満足する結果を見せているドラゴンタンに、拓斗は大きな可能性と将来を感じる。

そのような最中だった。

街の中心、確かかつて大きめの屋敷があったはずの場所に巨大な建物を見つけたのは。

まず目を見張るのはねじれ入り組んだ尖塔。そしてあえて不揃いにしたと言わんばかりに乱雑に配置された窓の数々。

どこからとも無くゴーンゴーンと心の臓に響く不気味な鐘の音を鳴らしながら、天高く主張するそれは明らかにマイノグーラの邪悪な文化を反映しており、同時にどこか宗教的な風味も感じさせる。

拓斗は自分に覚えのないその施設をじっくりと上から下まで眺め、やがて全てを諦めたような静かでゆったりとした声色でアンテリーゼへと尋ねる。

「アンテリーゼ都市長。あれは何かな？」

「イラ教大聖堂。【ドゥメリ・トゥーラ】でございます」

静かで、悲しみに満ちた声音だった。

アンテリーゼの中にある不本意と不名誉をこれ

でもかと練り込んだかのような、そんな声音だ。

まぁ十中八九そうだろうなと感じたし、十中八九やつだろうなと思っていた。

だがその事実はあまり知りたくなかった。間違いなく拓斗の仕事が増えるからである。

「都市計画的にはどうなの？」

「完全に計画外でありますし、そもそも都市長として許認可を出した覚えもありません」

「違法建築物じゃん。撤去しようよ……」

間違いなくこれは『Eternal Nations』における【大聖堂】だ。

宗教を創設すると宗都に建築することができるのだが、それなりにコストがかかったはず。

ヴィットーリオの能力で強引に建築指示を出したであろうことは間違いないが、足りぬコストをどこから捻出したのかは少し気になる。

ただ拓斗が知るイラ教信徒の熱狂具合や、最近手に入れたセルドーチにあったであろう不正な財産などを考えると、自ずと答えは見えてきそうではあったが……。

ため息を一つ。

ドラゴンタンに視察に来たことは無意味ではなかった。建築や行政がうまく進んでいるとのことで、もしかしたらこのまま放置でもいいかもとは思っていたが、とんだ爆弾が潜んでいた。

アンテリーゼも言い出しにくかっただろう。自分だったら気まずすぎてどう報告すればいいか分からなくなっただろうから、失態と叱責することもできない。

英雄のやらかしは、その直属の上司である拓斗の責任なのだから……。

そしてその気まずさはどうやらアンテリーゼや拓斗だけではなかったらしい。

隣から、苦渋と絶望に満ちた声が漏れた。

それは視察の前行政庁舎に呼び出され、先ほどまでアンテリーゼとともにニコニコと心底幸せそうに拓斗の案内を行っていた山羊獣人の少女だ。

イラ教代理教祖ヨナヨナ。

この珍妙かつ無許可の建造物に関する重要参考人とも言える娘だった。

「うう、すみません！　すみません！　まさか偉大なる神の御意志に背くものだっただなんて！　この責任は全部ウチにあります！　どうか、どうかウチの命でお許しを！」

「いやいや、ヨナヨナは悪くないよ。キミはちゃんと頑張っている。そう自分を卑下しないで」

放っておけば土下座せんばかりの勢いの少女をなだめ、慌ててフォローする。

全部ヴィットーリオのせいにしておけば楽なのに、それでも自分の責任を感じてしまうのが彼女の良いところであり悪いところだった。

「う、ウチなんかになんともったいないお言葉……。ウチは、ウチは……か、神ぃぃぃ……」

「ほんと慣れないなその呼び方……」


イラ教はヴィットーリオが勝手に作り出した拓斗を神とあがめる宗教だ。

拓斗だけを信奉し、拓斗だけに祈りを捧げる力の集約機構でもある。

ヴィットーリオが持つ人心掌握系のスキルをふんだんに使って生み出されたこの宗教の信徒は誰も彼もが熱狂的な信仰を有している。

拓斗が命じれば本当に喜んで命を差し出そうとするある意味で頭のネジが吹っ飛んだ者ばかりなので、正直なところ拓斗は苦手としている。

そんな宗教の代理教祖が涙ながらに神とされる拓斗にすがりついているのだ。

幸い今の時間は人通りが少なくさほど目立っていないのだが、そろそろ厄介なことになりそうなのでやめて欲しいと願う。

それよりもヨナヨナには泣くのをやめて現状がどうなっているのかを説明して欲しかった。

「まぁこの建物に関しては追認という形にするの

が無難かな。さっきはああ言ったけど今更取り壊すのも手間だし、そんな余裕があるなら別のことをした方がいいだろうしね。ただアンテリーゼの方では本当に対処できなかったの？」

ヨナヨナが使い物にならないのでアンテリーゼに水を向ける。

こちらは山羊娘とは違って冷静さが残っていたようだ。

「いえ、実は周辺の住民がイラ教徒かつ金銭により買収されており、行政が介入しようとすると都市庁舎前で昼夜問わずに抗議の行進をするので……」

「扇動者は？　どうせヴィットーリオでしょ。これだけのやらかしでお咎めなしもアレだし、アイツに責任を取らせる形が一番丸く収まるんじゃない？　とりあえず呼び出して見せしめとして首をはねるのはどうかな？」

「再三呼び出しておりますが一向に出頭しないので……。僭越ながら、王からも呼び出しをかけていただけませんか？」

「こういう時は僕が言っても多分出てこないと思うから……」

「そ、そうですか……」

ヴィットーリオのやらかしは多岐にわたる。

拓斗としてはその意図するところを理解できるがゆえにそこまで気に病むということは無いが、拓斗以外の人々はその限りではない。

国家の要職についている者ほど真面目な者が多い。

ダークエルフたちにしろ、アンテリーゼにしろ、ヨナヨナにしろ。

そんな真面目で国家と拓斗に献身的であろうとする者たちはヴィットーリオの悪行になれてはいない。

ゆえに責任感を覚え、このように心を痛めるのである。

（仕方ない、助け船を出すか）

「まぁヴィットーリオがやらかしたのは仕方ない。アレは僕の管轄だから、この件は僕預かりということにしておこう。あと今度からアイツが少しでも問題行動を起こしそうな気配があったら直接僕に言って。それで君たちに何か責任を取らせるようなことはしないからさ」

まずは責任の所在である。

ドラゴンタンの全責任はアンテリーゼに、イラ教の全責任は実質的なトップであるヨナヨナにある。

無論この大聖堂の責任も一応彼女たちにあるのだが、拓斗はその理屈を曲げた。

というか理屈を曲げなくてはうまくまとまる話もまとまらない。例外的な運用は組織において望ましくないのだが、ことヴィットーリオに関してはそうしなくてはより大きな被害を起こす。

だからこそ拓斗は二人がこれ以上気落ちしないようにと言葉を選んだ。

そして次の言葉もまた、二人の立場を慮（おもんぱか）ったものだ。

「それよりも、過程はよくなかったけど結果としては上々じゃない？　うまく機能していると思うけど、アンテリーゼはどう思う？」

「はい、ご覧のとおり豪華絢爛奇妙奇天烈な本建築物、大聖堂と名乗るだけのことはありイラ教の信徒の中では絶大な地位を得ているのです。ゆえに国内外から巡礼者が多く、自然とドラゴンタンの経済に寄与しております……」

「いわゆる聖地巡礼的なものか……偶像崇拝なんかを禁止している分、明確な信仰の対象として機能しているわけだ」

「はいぃ、こ、こ、この建物を目指して大陸中からイラ教の信徒がやってきています。なので神がこのドゥメリ・トゥーラを否定なさるとそれはちょっとややこしいことに……あっ、いえ！　神のご決定に文句を言うわけじゃないっす！」

「うんうん、それは分かっているよ。確かにそれはまずいよね」

　アンテリーゼが責任を感じたり独断で撤去を命じたりしないようその効果をあえて説明していたが、その中で拓斗も気づかなかった利点を一つ見つける。

　すなわちこの大聖堂が一つの目的地となっていることだ。

　信徒たちがこの大聖堂にやってきて、拓斗に対して祈りを捧げることを目的としているため大呪界の平和が保たれていたのだ。

　もしもこれが建築されていなかったら今頃拓斗が住まう大呪界の宮殿に信徒が押し寄せてくる事態になっていただろう。

（って考えると、イラ教の信仰対象としてできる限りこの教会を追認した方がいいのか。権威付けが大げさにならないよう釘刺しが必要かと思ったけど、それをやると逆に僕が詰む）

　この状況を理解していたからこそ、ヴィットーリオは大聖堂の建築に着手したのだろう。

　報告をしなかったのはまぁ彼の性質と言うほか無いが、こういう一見して分かりにくいが実のところ全て合理的に進めるあたり、舌禍の英雄はこの世界に来ても絶好調のようだった。

「ふむ。まぁこの聖堂の扱いについてはもう少し考えてから判断するか。あっ、別にこれは二人に思うところがあるってわけじゃないから勘違いしないでね」

　どの程度追認するかは吟味した方がいいだろう。

　マイノグーラの首都である大呪界がその立地上あまり流通に向いていないので、第二都市であるドラゴンタンの発展は望ましいことだ。

　この大聖堂がその呼び水となることは必然であり、大いに貢献してくれるだろう。

　だが完全な宗教都市と化してしまうのもあまり

好ましくはない。

拓斗の考えでは第二都市は経済や製造の面で秀でて欲しかったからだ。

ドゥメリ・トゥーラの威を利用しつつ、商業活動が萎縮しないようバランスを取らなければならない。

ヴィットーリオは今回も難解な課題を出してきたようだった。

ただそれもまた楽しむべき事柄の一つである。

内政好きの拓斗としてはこういう頭をひねって国家を運営するという方向性が大の好みであった。

最近はある意味で戦闘行動が目白押しで内政の時間が削られすぎている嫌いがある。

少しだけ休憩のつもりでこの状況を楽しんでも良いかと考えた。

それが良くなかったのだろう。

思考が内政に傾きすぎて、自分が置かれている状況への配慮が不足していた。


「も、もももしかして、神ですか！」

不意に拓斗に声がかかる。

むしろ今の今まで見つからなかったことの方が奇跡と言えよう。

そう……イラ教の信徒である。

ざわざわと騒ぎがすさまじい勢いで伝播していき、どこからともなくギラギラと薬物中毒者のごとくキマった目をした人々がにじり寄ってくる。

「や、やばい……。非常にやばい」

「お逃げください王よ！　祭りが始まりますよ!!」

「何でみんなそんなに気合い入ってるの!?　ってか何で祭り!?」

アンテリーゼの叫びは冗談を言う時のそれではなく、真剣に拓斗を案じているものだ。

突然の祭り開催に困惑する拓斗ではあったが、そんな時間が彼に残されているわけもない。

「そ、そりゃあもうイラ教の神が聖地であるドゥメリ・トゥーラに降臨なされたからです！　これほど偉大で光栄なことは……きっと未来に語り継がれ……はっ！　つまりウチはいま神話をその身で体験している!?」

「ヨ、ヨナヨナ！　ちょっとなんとかみんなを押さえて……ダメだ！　完全にトリップしている！」

「いけません王よ！　退路を塞がれました！　そこかしこから信徒がわらわらと集まってきています！」

「しゅ、宗教怖すぎる……」

　結局、信徒から逃げるように路地裏まで逃走した拓斗は、そこで影武者である《出来損ない》の擬態を解くことによって難を逃れる。

　後でアンテリーゼに確認したところ、結局イラ＝タクト神降臨祭ということで祭りは開かれたらしく、その話を聞いた拓斗はしばらくドラゴンタンに近づくことはなかったという。

Eterpedia

大聖堂

建築物

宗派：イラ教　名称：ドゥメリ・トゥーラ

破滅のマナ	＋1
国家の信徒増加率	＋10%
国家の魔力生産	＋20%

大聖堂は宗教の総本山に建築できる特殊な建築物です。

強力な効果を持ちますが、各宗教に一つしか建築することができず、建築には高いコストが必要となります。

またこの建築物は敵の占領などによって破壊されず、都市の所属が変更されても都市に残り続けます。

拓斗の影武者の擬態を解除することによってドラゴンタンでの《イラ教》信徒から逃げおおせた日の午後、拓斗は【宮殿】で行われる定例会議に出席していた。

自分の分身とも言える影武者を利用できることはこのような面で優位に働く。《出来損ない》自体戦闘能力もあり、有する能力もかなりのものだ。

そのキャラを能動的に使えることは、拓斗の戦略の幅をより大きく広げることとなっていた。

「さて、ドラゴンタンの視察もまぁ予想の範囲内で終わったし、今のうちにセルドーチの方針でも決めておくかな」

集まるはマイノグーラの首脳陣。

ヨナヨナや異端審問官クレーエの加入などといった、有益な人材の登用はそれなりに進んでいるのだが、それでもこの場に参じることのできる人員は限られている。

すなわちマイノグーラの設立当初から国家に忠誠を尽くす最古参のメンバーだ。

モルタール老、ギア、エムル、エルフール姉妹。後は書記や資料配りを行う雑務などのダークエルフがいるが、この人員に変わりは無い。

とは言え、現体制もいずれ変えていかなければならないと拓斗は感じている。

国家の規模に対して行政能力が追いついてきていない。ダークエルフたちの忠誠に応えることは大切だが、そろそろ限界だろう。

それは新たな支配地域となったセルドーチ周辺の土地の広さを見れば明らかであった。

「新しく手に入れたセルドーチ、その周辺の地域。肥沃かつ温暖な地域で自然災害なども少ない。抱える人口も多く国力の増加に寄与することは間違いないだろう」

参加者達の表情に喜びのそれが浮かぶ。

ここに至るまでの苦難を考えれば、それに見合うだけの成果と言える。国家にとって新たな土地の取得とはそれほどまでに価値があるものなのだ。

とは言え、いつもの如く喜んでばかりもいられない。

「けれども大呪界の一部とドラゴンタン周辺領域の支配がようやく安定してきた今のマイノグーラでは、第三都市であるセルドーチの運営となると限界を超えた行政能力が必要になってくることは間違いない」

一難去ってまた一難。先程までの表情が引き締まり、ダークエルフ達は途端に難しい表情を浮かべる。

それは拓斗の言葉の意味をよく理解していることの証左でもある。

「だからこの問題に関してはいきなり大幅な変更というよりも、今ある統治機構を維持しつつ、時間をかけてマイノグーラ流の運営方式に変える方が無難だろうと思っているんだけど、どう思うかな？」

セルドーチ周辺領域、それは正統大陸と暗黒大陸の接続領域からすでに滅びたレネア神光国の約半分に至る広大な領域だ。

むろんセルドーチが目立った都市であるがゆえに強調されがちだが、周辺にはいくつもの町や村といった統治の必要な集落が存在する。

普通に考えれば統治が不可能と判断するのが当然だろう。そもそも人口ごとその全てを手に入れられるのがおかしいのだ。

ヴィットーリオの宗教伝播とイラ教という不正にも近い裏技じみたやり方がなければ今頃反乱祭りでここまで穏やかに話をしていられなかっただろう。

その認識はどうやら問題なくこの場にいる全員で共有されているようだった。

「確かに、セルドーチの規模はドラゴンタンの時の比ではありませぬ。いたずらに手を伸ばしても良き結果にはならぬでしょう。我が身の非力を悔いるばかりではありますが、王のおっしゃるとおりかと」

「そもそもとして国家の拡張規模が早すぎるんだ。それにドラゴンタンにしろセルドーチにしろ他国からの転向や占領という形で手に入れている。ちょっとこれはどうしようもない話だよ」

今までマイノグーラが手に入れてきた土地は全て何らかの形で国家に編入されたものだ。

通常であれば入植という形で小さな集落から都市へと時間をかけて発展していくのだが、そのような形ではない。

マイノグーラという国家の発展は例外だらけで歪（いびつ）なのだ。モルタール老は自らの非力と言っていたが、もはやこれは個人ではどうにもならない問題であろう。

「それにセルドーチは前線に近いです。もとよりそのつもりはないですが、相手に奪い返されるという危険性も考慮しなければならないでしょうね」

アトゥが拓斗の言葉にかぶせるようにセルドーチ周辺地域の問題点を述べる。

その言葉に戦士長のギアが大きく頷いているところをみると、彼もこの問題点を懸念していたらしい。

現在新たに手に入れた地域、セルドーチはエル＝ナー精霊契約連合および聖王国クオリアと国境を隣接している。

正統大陸はその中央を巨大な山脈が貫き、エル＝ナーとクオリアを分断してるのだが、北部の極寒地帯と南部の暗黒大陸接続領域では山脈が切れ、互いの通行が可能になっている。

そして北部は積雪による不便があるためエル＝ナーとクオリアの通行はもっぱらこのセルドーチを経由するルートを通る形となっていた。

すなわちマイノグーラが新たに手に入れた地域は地理的にも重要な意味を持っているのだ。

エル＝ナーにしろクオリアにしろ、確保したいと考えるのは当然だろう。

少なくとも、マイノグーラという邪悪国家に渡したままにしておきたいと考えることはない。

「幸いなのはイラ教が広まっているおかげで住民たちの我が国への好感度が非常に高いことですな。統治側としてはこれほどやりやすいことはありませぬ」

「そこだけは安心できる材料だね。融和政策はせずともうまくいきそうだから、投資は最低限にして一旦態勢を立て直すことに注力しようか。まぁ【人肉の木】とイラ教の【教会】でも作っておけば時間は稼げるだろう」

ヴィットーリオがレネア神光国でうった手は悪辣にもほどがあった。

その能力にものを言わせ強引に都市の住民をイラ教に改宗させたのだ。

普通であればこうは行かない。『Eternal Nations』であれば敵国家の宗教ユニットが対策を採るであろうし、平時であればアーロス教ですら対応を行ってくるだろう。

テーブルトークRPG勢力――エラキノや二人の聖女。そしてゲームマスターがある意味でめちゃくちゃにした混乱期だったからこそ打てた手だ。

この規模の土地と都市を手に入れる機会は今後二度と訪れないだろう。

予定外予想外の負担とは言え、ここを乗り越えれば見返りは大きい。

そしてこの程度乗り越えられずして何がイラ＝タクトかと拓斗は覚悟を決める。

「しかして王よ、セルドーチの責任者はどうなされますかな？　統治機構はそのまま利用できますが、最低限の押さえとしてそれなりの者の着任が必要かと愚考しますぞ」

「それなんだよねぇ……」

決めた。覚悟は決めたが現実が気持ちに追いついていない部分も確かにある。

それが人員の問題。一旦保留としたものの完全放置とは、そうは問屋が卸さないだろう。

最低限、本当に最低限のレベルで、モルタール老の進言するとおり責任者を据える必要がある。だが領民の慰撫と同化政策を推進するためにそれなりの人物がつくことが求められる。

万年人材不足のマイノグーラには少々酷な要求だ。

(土地の大きさと人口。前線の危険性を考えるとできれば英雄が望ましい。けどアトゥは無理だし、ヴィットーリオは論外だ。イスラが適任だったんだが、悔いても仕方ない……)

アンテリーゼも厳しい。今まで献身的に尽くしてきてくれた分これ以上の負担は強いたくないという思いもあるが、一番は彼女の出自だ。

忘れられがちだがアンテリーゼは元々エル＝ナーにおける有力氏族の跡取り娘なのだ。

それが古い慣習や責任が嫌で親元から逃げ出し、結果としてドラゴンタンに落ち着く形となっている。

つまりエル＝ナー精霊契約連合を刺激しすぎるのだ。

現在のかの国がどのような状況かは詳細が不明だが、だとしてもアンテリーゼをホイホイあの地に送るにはあまりにもまずい。

(他は……ヨナヨナも厳しいよなぁ)

彼女の場合は実務能力の不足だ。そもそもイラ教の代理教祖としてブレーキが軒並み外れた教徒たちの押さえに走ってもらわねばならない。

一都市に縛るのはまずい。

(あー、そういえばこの前新しく入ってくれた元異端審問官の人……クレーエ＝イムレイスだっけかな？　彼女はどうだろう？)

ふと考え、やはりダメだと頭を抱える。

クレーエの場合実力に不足はない。見たところ真面目だし、書類仕事も多かったとのことから慣れない統治もすぐ学んでくれるだろう。

だが元異端審問官で、クオリアの裏切り者である。クオリアを刺激することは間違いない。

それに彼女には聖騎士から邪道に墜ちた《イラの騎士》を率いる役目をさせようと考えてもいたので、やはり却下せざるを得ない。

（まずいな、本当に人材がいないぞ。これより他の人となるとちょっと名前負けするというか地位に対して不足するものが多すぎる……）

せめて名か実かのどちらかでも高ければ……。

仕方が無いので将来性を見越して有能そうな人物を短期赴任で回すか？　拓斗が都度政策について細かく確認する必要が出てくるが、もはやその方法しかないように思われた。

人材を育成するのであれば、未熟な者に経験を積ませることも重要であるがゆえに……。だがその時であった。

「王さま」

「おうさまー」

「私たちがセルドーチに赴任します！」

「です！」

先ほどまで会議の行く末を静かに見守っていたエルフール姉妹が思いもよらぬ提案をしてきた。

まるで検討もしていなかった事柄に拓斗も一瞬目を丸くする。

「君たちが？」

思わず聞き返した言葉に力強い頷きが返される。

拓斗はその反応に困惑しつつも一瞬で彼女たち二人を責任者として据えることのメリットデメリットを吟味する。

（ううっ、できれば二人にはもう少しここでいろんなことを学ばせたかったけど、あまりにも適任すぎる）

実際のところ、双子がセルドーチを含めた地域の領主として赴任することは実に理にかなっている。

　次期幹部候補でありマイノグーラでも高い地位を持つというネームバリュー。特殊な形式でありながらも英雄の力を宿すその力量。

　そして二人でトップに立つという特殊性から一人よりもいろんな面で融通が利きやすい。

　大抵の場合トップが二人いるという状況は派閥力学が働き最悪極まりない結果をもたらすのであるが、彼女たちの関係性を踏まえればその心配も無用だろう。

　実務面は多少不安が残るが、それでも拓斗の考えを理解するぐらいの頭はあるし、サポート用の人員をいくらか貸し与えれば問題ないだろう。

　つまり、彼女たちがセルドーチおよびその地方の領主として赴任することは、マイノグーラにとっても拓斗にとっても渡りに船なのだ。

　そのような計算を瞬時におこなった拓斗は、内心の寂しさを隠しながら今こそ自分たちがと気炎をあげる二人の少女に問いかける。

「いいのかい？　魔女の力があるからこっちに来るのはそう時間がかからないだろうけど、頻繁には戻ってこられなくなるよ？　みんなと一緒じゃなくて大丈夫？」

　どちらかというと大丈夫ではないのは拓斗の方だったが、二人はその辺りまで気がいっていないらしく頼もしい返事をするばかりだ。

　チラリと周りを見る。モルタール老やダークエルフたちは少し驚いていたようだが基本的に賛成らしい。どうやら子供とは言え能力があるのだからそれに見合った働きをせよというのが彼らの考えらしい。

　アトゥの方もうんうん頷いている。

　護衛の一翼を担っていた双子が外れれば自分がより拓斗の護衛としてそばにいられると考えたのか、それとも別の考えがあるのか、どちらにしろこの件に関しては味方ではないことは確かだ。
道理の面でも戦略の面でも穴がない。
拓斗のもつ寂しさからの葛藤を除けば……だ。
仕方ないいか。まぁ完全に会えなくなるわけでは
ないし。
そう己を納得させ、了承の返事をしようとする
直前、双子の少女がどちらともなく切り出す。
「私たちももっともっと王様の役に立つって証明
するのー」
「王さまやみんなに簡単に甘えられない環境なら、
もっと強くなれる気がするのです」
「うん！　強くなるー！」
（強くなりたい……か）
少女たちの願いは尊く、純粋だ。
だが無邪気な言葉は彼女たちの内にある想いが
それだけではないことを示している。
「それに、やられたままじゃ納得できないので」
「二度目はないよー」
ふと、この明るく笑う少女たちがレネアの地で
どのような戦いをし、どのような敗北をしたのか
が頭をよぎった。
敗北者は全てを奪われる。その尊厳さえも……。
決して負けられない彼女たちの決意に当てられ、
拓斗は自分もその渇望を忘れないようにしようと
己に誓うのであった。

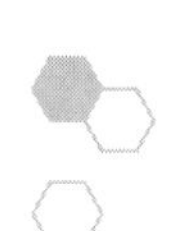

「というわけで、よろしくなのです」

「よろしくなのですー」

セルドーチ都市庁舎。

元が教会の執務部署だった建物を看板だけ変え
たその場所に、双子の少女の明るい声が響き渡る。

「は、はぁ……」

応接用としては些か格に欠ける、だが清貧を尊
ぶクオリアの文化としてはありふれたソファーに

座っていたその娘は、突然の申し出に何とも言えない気の抜けた返事をした。

娘の名前はクレーエ＝イムレイス。

元々クオリアの異端審問官という重要な地位についており、《日記の聖女ネリム》に付き従っていた聖職者だ。

以前の戦い――レネア神光国の領土を巡る聖女との攻防で聖神を裏切りマイノグーラへと恭順の意を示した離反者でもある。

その、ある意味で難しい立場に置かれているクレーエは、先程エルフール姉妹から提案された内容に狐につままれたような表情を見せている。

それもそのはず、その内容は……。

「別に難しい話ではないのです」

「そうそう、困った時にいろいろ教えてくれるだけでいいのー」

セルドーチにおける新たな領主、エルフール姉妹の補佐官という立場への招聘であった。

話自体は分かる。セルドーチ含めマイノグーラが新たに得た領土は広大だ。その全てを管理するとなるとおおよそこの小さな少女二人の手に余る。

できる限り有能で、地域の習慣や内情に詳しい者を補佐に当てる必要があるだろう。

だがそれを自分が？　この一点のみが、普段から冷静沈着で静かに物事を進めるクレーエをもってしてもあのような態度を取らせたのだ。

「あの、よろしいのでしょうか？　小職はこの国において新参。それに返り忠でもあります。あまり要職においては他の者から反発が来る気が……」

「そんな人いないよー？　そもそも誰もいないよ……」

その言葉に思わず納得してしまうクレーエ。

彼女たちエルフール姉妹のマイノグーラにおける地位は高い。それこそ王であるイラ＝タクトを除けばこの小さな二人の行動に異を唱えられる人物など片手で数えて足りるだろう。

それに人が居ないという言葉もまた正論。クレーエとて学なく異端審問官という地位についていたわけではない。

マイノグーラが抱える問題など、詳細は把握できずとも大まかには推測可能だ。

すなわち、この二人の提案は実に理にかなっており、その反論をするのは非常に困難であった。

「キャリーたちも王さまのもとでいろいろ学んできたとは言え、知らないことが沢山なのです。なので実務経験が豊富なクレーエさんに手助けして貰わないと実際困ったことになるのです」

「しかし物事には道理では通じぬ話も……」

熱意の籠もったキャリアの言葉に唯一の懸念を思わず吐露するクレーエ。

気弱な言い草だが、実際のところ年功序列や筋目を通す等といった人間関係を疎(おろそ)かにすると後々面倒なことになることを彼女はよく知っていた。

保身と言われればそれまでだが、彼女とていつかネリムを取り戻すという目的がある以上余計な問題は避けて通りたいのが本音だった。

だが彼女は忘れている。

「ここでキャリーたちを手伝ってくれないとドラゴンタン行きですよ?」

「……？　それが何か」

実に重要かつ重大なことを。

「あの変態さんがいる所なのです」

「それはよくない。……実に良くない」

そう、それこそがヴィットーリオの存在だ。

彼の主な行動範囲がドラゴンタンを中心としている以上、クレーエがセルドーチでの任を拒否すると不意な場面で《舌禍の英雄》と遭遇する可能性があるのだ。

クレーエもすでにヴィットーリオの被害者だ。異端審問官としてクオリアから派遣された時からあの英雄には散々に苦汁を嘗めさせられている。

嫌な記憶が走馬灯のように脳裏を駆け巡るのを無理矢理頭を振って忘れながら、クレーエは少しばかりすがるようにエルフール姉妹へと視線を向ける。

「聖教から転向したイラの教徒に、聖騎士から墜ちた《イラの騎士》。マイノグーラの国民になったからと言って中身が全部変わるわけじゃあないのです。今までの人々をよく知る、クレーエさんの助けが、今のキャリーたちには必要です」

「それに、ここにいたら日記のあの子にもまた会えるかもしれないしねー」

「ネリム……」

クレーエの脳裏からヴィットーリオが完全に消え去り、代わりに儚く笑う大切な少女が浮かんできた。

そう、彼女を助けるためにクレーエは聖教に背を向けたのだ。全ては彼女のため。

そのためだけに、クレーエはここにいる。


「彼女は、本当は優しい子なんです。彼女を助けるために、小職は何をすれば良いのでしょう？」

堅物で鉄面皮と揶揄されていたクレーエにしては珍しく、弱音を吐く。

マイノグーラに来てから感情が豊かになったと思う。

先ほどの嘆きもその発露だ。

同じく誰かを失った経験があると聞いた双子の姉妹であるなら、この答えを持っているかもと期待したがゆえの行動でもある。

その答えは、

「天上に招待された国民たちは、やがて絶頂の幸福と無限の平穏のもと永遠に暮らすであろう——」

「それは一体……？」

「そこには苦しみもなく、痛みもなく、死者すら甦り、愛しい人とまた巡り合い、その幸福を分かち合う——」

朗々と語られるキャリアの言葉に、クレーエは思わず聞き入ってしまう。

何かの詩かとも思われたが、クレーエの知るどれでもない。だが何か強烈に引きつけるものがその言葉にはあった。

「――王さまが言っていました。本物の天国があると。そこに行けば、失った人とまた出会えると」

ハッと、クレーエは息を呑む。

彼女が求める、聖女ネリムを助ける道筋がそこにあったからだ。

クレーエはすでに一度《破滅の王イラ＝タクト》との謁見を済ませている。

その時に感じた畏怖。隔絶した存在への畏れと根源的な恐怖を彼女は忘れていない。

小さな虫が巨人の全容を計れないように、矮小なる人は破滅の王を計り知ることはできない。

心臓をわしづかみにされたかのような感覚の中、クレーエは確かにそのことを理解したのだ。


ここに本当の神がいると。

その存在があると断言する世界。天の国。

クレーエから奪うだけ奪って何も与えてくれなかった聖神アーロスとは違って、明確に手を差し伸べてくれる偉大なる御方。

自然と彼女の鼓動は速くなり、興奮からか顔が紅潮してくる。

「それでなくても王さまの力は凄いのです。もしかしたら、そこまで待たなくてもまた日記のあの子と仲良くできる日が来るかもしれませんよ？」

そうでしょうか？　とは、声に出さなかった。

言葉にすることが愚かしいと思ってしまったからだ。

王の力の片鱗を見たクレーエにとって、今キャリアから語られる言葉は根拠ある事実として受け取られているのだから……。

「でも一つ問題があるのです」

「もんだいー？」

とくり、とクレーエの心臓が高鳴った。

一体どのような問題があるのだろうか？　大切なあの子が平穏無事に過ごす世界を阻む何かがあるのだろうか？

クレーエの中に今までかすかにしか存在しなかった感情が沸き起こる。

マイノグーラの国民となった彼女にとって、怒りという感情は、今や自身を突き動かす原動力の一つとなっていた。

早く答えをくれ。

今すぐその者を我が剣で討ち滅ぼしてみせよう。

クレーエが剣呑な考えを抱く中、それは淡々とキャリアの口からもたらされる。

「私たちはまだまだ弱い」

その言葉はクレーエの熱した心を冷めさせるに十分なものだった。

途端に無力感が彼女を包み込むが、一つ深呼吸をすることによってその気持ちを抑え込む。

それはキャリアのことであり、メアリアのことであり、当然クレーエのことでもあった。

自分がもっと強かったらあのような結果にならなかったのではないか？

確認したことはないが、それは確かにこの場にいる三人が常々抱いている思いである。

その対象は違えど、大切な者を失った境遇は同じ。力を求めているのも同じ。

ゆえに双子の姉妹はクレーエにこれだけ心を許しているし、クレーエも姉妹を信頼していると言えた。

弱さは罪である。

この世界で嫌というほど思い知らされた事実であり、彼女たちが何をもってしても抗わねばならぬ現実である。

だがその解決となる道筋は、か細いながらも確かに存在していた。

「クレーエさんは確か《聖剣技》が使えましたよ

ね？」

「ええ、そのとおりです。小職が任じられていた異端審問官は聖騎士の資格を得て初めて門戸が開かれるもの。もちろん技能の全ては網羅しております」

「じゃあ戦いにおける立ち回りとか武器の扱いはどうでしょう？」

「もちろんです。対魔は当然、対人においても習得しております。……あまり表だって言えないものを含めて」

異端審問官が修めている技能は多岐にわたる。

これはどちらかというと聖騎士の領分なのだが、それでも一般的な中級下級の聖騎士では逆立ちしても敵わない程度には様々な技能をクレーエは習得していた。

「おおー、すごい！」

「これは期待できそうですねお姉ちゃんさん！」

「それは一体？」


あえて疑問を投げかけてみるが、クレーエはこの双子が考える策をおおよそ見抜いていた。

すなわち足らない戦力を技能面で補おうとしているのだ。

日記の聖女ネリムがその記憶を神に捧げてヴィットーリオと対峙した時、クレーエも戦いに参加したエルフール姉妹の立ち回りをよく見ている。

その姿を一言で表すのであれば素人のそれ。

確かに肉体的な面では人を超えたすさまじさを有しているのだろう。

だがその動きに洗練されたものはなく、どちらかというと自らの力に任せて動き回っているという印象が強かった。

もっとも、それでもなおクレーエに自分では到底敵わないと感じさせていたのだから彼女たちがいかに強大な存在かは明らかだ。

日記の聖女ネリムは……それ以上だった。

今のままでは足りない。

だからこそ、技に光を見いだしたと言えよう。

そしてそれは確かに理にかなった方針だとクレーエを納得させるものでもあった。

とは言え少々問題が残る。

より強力な力を求める気持ちは理解できるが、自分たちが置かれた状況をクレーエは忘れていなかったのだ。

「しかしお二人はセルドーチの監督を任されているのでは？　任務を疎かにするのは流石によくない」

そう、何よりも仕事、第一に仕事である。

クレーエの性格的なものもあるが、任された仕事を疎かにして力をただひたすら求めるという行為はあまりにも間違っている気がした。

少なくとも、仕事を第一に全うし、その余暇で修行を行うのが道理ではないかと。

だが小言が出る前に、双子の少女が考えた小賢しい策によってその反論も打ち消される。

「大丈夫です。そのためのクレーエさんなので」

「いちれんたくしょうだよー」

最初からこれが目的だったな。

クレーエは思わず眉をひそめるが、この年頃の少女に声を荒らげるのは苦手であった。

クオリアにいた頃であったのならダークエルフということで差別感からそれができたかもしれないが、今のクレーエはマイノグーラの国民なのだ。

破滅の王イラ＝タクトに謁見し、国民になることを了承された瞬間より他種族への偏見は霧散している。

ゆえにクレーエにとって今目の前にいるのはただただやりにくい年下の上司たちに他ならない。

もしかしたら、自分が強く言い出せないことも相手の手の内かとすら思ってしまう。

「ああ、折角ですしイラの騎士たちにもマイノグーラ流を教えてあげましょうか。模擬戦の相手にもなりそうですし。もちろん、クレーエさんもですよ？」

「スパルタだー！　ビシバシいくぞー！」

外堀がまた埋められた。

すでに魔の力に魅了されている彼女としてはその深淵に触れることは渡りに船であるし、何よりも力が欲しい。

それにイラの騎士たちが力をつけることはすなわちマイノグーラの繁栄と発展に繋がる。

それは天上の世界に繋がる礎となるのだ。

もはや断る理由は、どこにも無かった。

「というわけで。私たちは強くならなければいけません。誰よりも、何よりも。もう失わないために。だから――」

「一緒に頑張りましょうね」

「一緒に頑張ろうねー」


最初に申し出を受けた時と同じ声音、同じ無邪気さで、双子の少女から改めて誘いを受ける。

「び、微力ながら全力を尽くします……」

その言葉にクレーエは、ただ頷くほか道は残されていなかった。

SYSTEM MESSAGE

《後悔の魔女エルフール姉妹》がセルドーチの領主に赴任しました。

ユニットをコントロールするには呼び戻しのために一定の時間が必要となります。

OK

第四話　迂闊

ＳＬＧの力の本質が国家という数の暴力にあるのならば、ＲＰＧの力の本質は勇者という個の暴力にあるのだろう。

ドラゴンタンから南に下った暗黒大陸の一角、その地に闊歩していたヒルジャイアントをまるで何かの片手間作業のごとく両断した優は、なんてことないとでも言わんばかりに拓斗に向かって手を振った。

陽気さと無邪気さがあふれる優の行動にほんの少し辟易しながら、拓斗は軽く手を上げ返事とする。

(互いの力量を示すという名目での蛮族退治だけど……これは想像していた以上だな)

拓斗は内心で驚嘆を隠しながら、こちらに向かってゆったり歩いてくる優に視線を向ける。

実のところこの場に居る拓斗は本物では無い。《出来損ない》による影武者だ。

本物は大呪界にある【宮殿】にて、今も静かにこの状況を見守っている。

いくら協力関係を築いたとはいえ、相手への警戒は怠らない。ゆえに拓斗は優と会うときは全て《出来損ない》を遠隔操作した影武者で応対している。

脅迫観念にも似た慎重さは、今まで拓斗が経験してきた出来事を踏まえると、何らおかしな点はなかった。

「これが俺の今の力。少なくともこの暗黒大陸にいる野良モンスター程度なら何匹来ても楽勝だぜ！」

「しゅごい！　しゅごいですご主人さま！」

勇者ユウが敵を打ち倒し、奴隷の少女が過度なヨイショを行う。

その光景を何度見ただろうか？　少なくとも、神宮寺優というプレイヤーが他とは隔絶した戦闘能力を有していることだけは分かった。

「確かに想像していた以上だなぁ。四天王クラスだとこれじゃあ即殺だろうし、不意を突いて魔王を倒しただけのことはあるね」

（英雄でも策を練らないとちょっと厳しいな。さすが勇者――プレイヤーといったところか）

現状敵ではないが、場合によってはその可能性も十分あり得る。

万が一衝突した場合は策を練らねば厳しい相手であることは確かだ。

とは言え、弱点がないわけでもない。

「ただまぁ、いくら強くても問題はあってさ。いやそこが一番のネックなんだけど」

「数か……」

個で秀でるということは、すなわち数で劣るということでもある。

勝負の土台を変更すれば、容易にその戦力は覆る。何も正々堂々一対一での戦いが勝負の全てではないのだ。

そこは優もよく分かっているようだった。

「そっ。ほら、勇者って少数の戦いならそりゃあめちゃくちゃ強いんだけど、数で来られたらめちゃくちゃキツいのよ。一人くらいならなんとでもなるけど、多数を守るのはさすがに無理。物語じゃあやってみせるけどあくまで俺の力はゲーム準拠だからな。ＲＰＧの辛いところだよ」

「いくら勇者でも二十四時間は戦えないからね。覆せない道理でもある」

「飯も食うし風呂も入る。もちろん寝る時間だって必要だ。数にものを言わせて波状攻撃なんてされたら精神の方が先に死ぬってわけよ」

勇者が金銭――詳しく言うのであれば生活面で

困窮しているのではないか？　それはかねて推測の一つとしてあった彼の弱点であった。

国家であるマイノグーラとは違い、勇者の生活基盤というのは極めて弱い。

いくら強力な力を有していようと、兵站がおろそかであれば片手落ちなのだ。

だからこそ彼は自分たちに接触した。

それが拓斗が判断した優の目的の一つだ。

自分たちが数と兵站を差し出し、彼が個の力を差し出す。

少し持ち出しが多い気もするが、今後を見据えれば必要な経費とも言えた。

「そうですそうです！　ご主人さまにはもっと平和に暮らして欲しいです！　私、ご主人さまだけがいればいいのに……」

「ありがとう。俺だってお前だけがいれば、――それで幸せだぜ！」

「ご主人さま素敵……」


短い間の付き合いではあるが、優という人物の人となりもよく分かってきた。

彼はなんというか、実直で、裏表がなく、正義感が強く、明るく人を引きつけるタイプの人間だ。

クラスにいたら間違いなくリーダーになっていそうだし、いじめられている子がいたら真っ先にかばっていじめっ子を非難する。そういうタイプだ。

それでいて真面目一辺倒というわけでもなく、女の子に弱く調子の良い面もある。

さぞかし前世ではもてたんだろうなぁという感想を抱きつつ、そのとおりだったら流石に敗北感を抱かざるを得ないので確認の質問はしない。

ともあれ、今のところ彼の興味はあの天真爛漫を絵に描いたようなご主人様第一主義のオリキャラ奴隷少女に向かっているらしい。

想い人がいるという点で正直共感するところがある。これもまた彼と同盟を組むに至った理由の一つなのだが、そのことは気恥ずかしいので誰にも言っていない。

「人前でイチャイチャと！　こういうのは良くないと思います！　そう思いませんか拓斗さま！　男女の間柄、これ健全が第一です！」

「そ、そうだねアトゥ。うん、そうだよ！」

優と少女の関係が不満というか不健全だというか、とかくアトゥはいつも文句を言っている。

敵対者として警戒しているというのもあるが、どうも彼女の中にある健全な男女像と乖離してることが気に入らないらしい。

ただ拓斗の中の冷静な部分が、自分たちも目の前の男女とそう変わらないぞと突っ込みを入れているので毎回この手の話題が上がった時は曖昧な返事しかできないでいる。

自分にとってのアトゥが、優にとっての奴隷少女なのだろう。

もしかしたら、彼は当初自分が抱いていた目的と、全く同じ目的を抱いているのかもしれない。

少なくとも奴隷少女はプレイヤーである彼にとって大切な人物であると再認識し、その重要度を上げる。

「さて、これ以上やってもらっても君たちの力量を示すにふさわしい敵は出てきそうにないが、どうしたものか……」

嬉しい誤算と言うべきか、それとも当然予想すべき事態と言うべきか……。

力量確認という名目で行われているこの蛮族退治だが、勇者ユウにとって暗黒大陸の蛮族では役不足もいいところといった問題が起きていた。

無論、この地に住まう敵対的な亜人は非常に危険な存在だ。ゴブリン、オーク、そしてヒルジャイアント。

普通の国であればそれなりの数を率いて排除しなければ自軍に犠牲者が出る程度の脅威はある。

だがそれは普通の話。

数々の強力な配下を持ち、指導者としての能力を有する拓斗や、勇者としての能力を持ち様々な魔法や技を駆使する優では話にもならない。

　詰まるところ、互いの手の内をある程度明かすにしろ、あまりにも肩透かしを食らった状態となっていた。

「うーん、俺ももう少し器用だったらいろいろ見せてやれるんだがな。わりぃ！　そういう細かいの苦手なんだわ！」

「それはそうだろうね」

　悪びれる様子もなくそこまで言われてしまっては拓斗としても何も言えない。

　拓斗自身も逆の立場なら対応に困るところなのでなおさらだ。

　そんな彼の心情を察したのか、腹心たるアトゥが何やら思いついたように不敵な笑みを浮かべた。

「では拓斗さま？　私とこちらの勇者殿で模擬戦をするというのはいかがでしょう？　互いに刃を交えてこそ、見えてくるものもあるでしょうし……」

「むっ……」

　渡りに船だ。英雄たるアトゥがやってくれれば相手も力を出しやすいだろうし、自分よりも詳細に力量を把握してくれるだろう。

　だが拓斗としてはまだまだＲＰＧ陣営への警戒を怠っていないためにあまり積極的には賛成に回りたくはなかった。

　何よりアトゥの瞳にある、メラメラとした闘志に何か嫌なものを感じたからだ。

（アトゥは最近暴れてなかったし、ここいらでちょっと気晴らしをしたいってことかな？　いや、以前エルフール姉妹とのやりとりで横やりを入れられた鬱憤とかもあるんだろうな……）

　流石に本分を忘れることはないが、多少の暴走はあり得る。

　判断に一瞬窮する拓斗。

「俺はかまわねぇぜ。んっと、やり過ぎない程度にってことでいいよな？」

「ええ、それはもちろん。ですが不慮の事故が起こる可能性はご了承ください。無論、私の攻撃を全て受け流すだけの力量があれば問題ありませんが」

「いやー、それなら安心だ！　もし怪我をさせちゃったらどうしようかとちょっと心配してたんだ」

「……へぇ」

　窮している間に、あっという間に話が進んでいた。それもとても良くない方に。

　アトゥの挑発を天然で流した優は、逆にアトゥのプライドを逆なですることに成功したらしい。

　今のアトゥは拓斗でも声をかけるのにちょっと気後れする程度に怒り心頭だ。

　これはどちらにしろ一度爆発させておかないと収まらないだろうと拓斗は諦める。

「はぁ……一応念押しするけど、互いの力量を把握するための模擬戦だからね。それを忘れないで――じゃあ始め」

　言葉が終わる瞬間、両雄が駆ける。

　優の手には一振りの刀、アトゥの手には聖騎士剣。

　高らかになる鉄のぶつかり合う音と始まったそれは、拓斗からして互いに手加減と力量を推し量るためのものであろうことが容易に分かった。

「わぁ……しゅ、しゅごい」

　奴隷の少女が思わず漏らした感嘆の声に、同意するように頷く。

　空気を切り裂く音と、剣戟（けんげき）の音色。

　戦いのうねりはそれが手加減有りの模擬戦だったとしても他者の追随を許さぬほどに過激で苛烈だ。

　生半可な者ではこの間に入り込む余地などないだろう。少なくとも拓斗は入りたいとは思わない。

（互いに余裕はあり、対応に遅れるようなことはない……か。少なくとも今のアトゥとやり合うだけの力量があるのか）

《汚泥のアトゥ》が持つ能力は大器晩成型だ。

すなわち時間と共に強化される戦闘力、敵の撃破によってなされる能力奪取。

そして忘れられがちだが、国家が確保するマナの数だけ戦闘能力が上がるというものがある。

マイノグーラの宮殿が産出する破滅のマナの数だけアトゥは強化されているのだ。

今の彼女なら、かつてテーブルトークＲＰＧ勢に遅れをとった場面ですら瞬時に対応してみせるだろう。

それだけの強化が為されている。

にもかかわらず互角……。

改めて、拓斗はこの人当たりの良い人品爽やかな勇者の潜在的危険性に警戒を抱く。

「ご主人さま、がんばれー！」

隣では優が考えた最高のオリキャラが声援を送っている。

そういえば、奴隷の少女とばかり言っていたが、果たして彼女の名前はなんなのだろうか？

ふとそんなことを疑問に思っていると、どうやら決着がついたようだ。

二人から少し離れた場所の地面に突き刺さっていたのは優の刀。

だがアトゥが触手を出していることから、どうやら良いのを貰いそうになったアトゥが慌てて触手を使った結果らしい。

互いにあった先ほどまでのチリチリとした熱が霧散していることから、二人の間でも剣による戦いのみ、という暗黙の了解でもあったのだろう。

どちらが勝ったと判断するのは微妙なところだが、強いて言うならアトゥの反則負けだ。

拓斗は無事終わったことに安堵しつつ、二人に声をかける。

無論、勝敗や力量について余計なことを言ってもこじれるだけなので無難な内容だが。

「二人とも見事だった。互いの力量は十分に示せたと思う。少なくとも生半可なプレイヤーやNPCでは手も足もでないだろう。アトゥもありがとう」

「いえ……そうですね。ありがとうございました神宮寺殿。そして先ほどの謝罪を。不用意に挑発したのは私の至らなさゆえです」

「ん？　ああ、問題ないぜ。俺もなんかこの性格だろ？　割と人を怒らすことがあるみたいでさ、気にしないでくれると助かる」

どうやらわだかまりも解消できたらしい。

拓斗としても一安心だ。

「そういや魔法もいくつか使えるけど、確か『ブレイブクエスタス』は知ってるんだよな？　なら便利魔法系は後で説明すれば分かるか」

開示してくれるのであればいくらでも知っておきたい。相手側の事情を知ることは必要になることはあれど不要になることは殆ど無い。

だが残念なことに本日はここまでだ。

空が赤くなってきた。

どうやら日が落ちていく時間らしい。

魔法に関しても規模や威力を直接確認しておきたかったが、それは後日に回すとしよう。

拓斗はこれで切り上げることにし、最後に一つだけ確認しておかなければならないことを質問する。

「うん、その辺りも含め、質問があるようならおいおいしていくよ。ところでキミのオリキャラってか……そっちの子なんだけど――」

「はい！　私はご主人さまの奴隷です！　第一奴隷です！」

シュバっと元気よく手を挙げる娘。反応が良い。

「あー、うん。その第一奴隷の子なんだけど、名前はなんて言うんだっけ？　今まで優が名前を呼ばなかったのも何か事情があるのかい？」

いい加減その辺りをはっきりしておかないとダメな気がするので拓斗も覚悟を決めて尋ねてみる。

もし好きな子の名前とかにしていたらどう反応して良いか分からないが、少なくとも笑うことだけはしないと覚悟を決めて……。

「あー、ちょっと恥ずかしい名前なんで秘密ってことにしておいてもらえる？　もしくは愛称として……そうだな。アイで」

「あー、もしかして名前に変わったのいれちゃった？」

「あーっ！　俺ぇ！　何であの時もっと普通の名前にしなかったんだぁ！　こうなるって分かってたらぁ！　こうなるって分かってたらぁ！」

どうやら彼の愛しい奴隷少女はキラキラネームらしい。

まぁ見た目をかたくなに奴隷装備にしている辺りこだわりは強かったのだろう。


唯一の問題点は、当時の彼自身そのオリキャラが衆目にさらされる未来を一切予想していなかったということだろう。

「どうかしましたかご主人様ぁ？　私の名前に何かおかしなところでも？　ご主人さまがつけてくれた名前、私とっても好きなんですよ？　なんてったって――もがもがっ！」

「アイさんそれ以上はやめような！　いっつも言ってるけど中学生の頃の俺がやった唯一にして最大の過ちなんだ！　心の中の俺が涙を流しながら身もだえするから、ほんとね、愛称の方で我慢して！　ねっ!?」

なんてかわいそうな人なんだろう。

心の中で涙を流した。『Eternal Nations』で英雄ユニットの名前変更がもし可能だったら、拓斗も似たような事態になっていたかも知れない。

彼とは今後どのような関係になるか分からないが、少なくとも今だけは優しくしてやろう。

「はぁ、一体どんな名前をつけたのでしょうね？　拓斗さまはなんとなく推察がついているようですが……」

「やめてあげようアトゥ。知らないふりをするのも優しさなんだよ」

「そ、そうなんですね……」

「そうなんだよ。知らないふりをするのが、一番誰も傷つかないんだよ」

性格的には全く真逆で、どちらかというと苦手なタイプだが、拓斗はこの時だけは優に親近感を抱いていた。

「ふぅふぅ、え、えらい醜態を見せた気もするけど、何も言わないでくれたタクト王に感謝するぜ……。同盟っていいな！」

「まぁ、同盟じゃなくてもその辺りをそっとしておくのは優しさだと思うけど、話を戻そうか。結局、それだけの力を持ちながら協力関係を持ちかけたのは、ネックは数の面でそこに不安があったからってことでいいかな？　二人だけじゃ厳しいと？」

「概ねその認識で間違いないぜ。俺の目的は必ずしも敵をぶっ殺す必要は無いんだけど、相手側がそうだとは限らない。だから可能であれば利益がブッキングしない形で仲間を増やしておきたかったんだ」

なるほど、おおよそ状況は把握した。

優の話が事実であるなら、サキュバスへの警戒を一層強めなければならない。

全陣営会談などと嘯（うそぶ）いているが、その実自分たちを罠にかけるつもりでいるのかもしれないのだから……。

もっとも、それは優にも言えることだが。

どちらにしろ全陣営会談ではその答え合わせができる。ずるずると疑心が先に残らないのはわかりやすくて良かった。

「確かサキュバスはエル＝ナー精霊契約連合を取

り込んで一大勢力を築いているって話だけど……。聖女やエルフも取り込まれているとなると警戒するのも仕方ないか」

「ああ、サキュバスのプレイヤーはすでにもう一つのプレイヤーと手を組んでるって話だ。エルフの聖女にプレイヤーが二人。流石に勢力も持っていないソロプレイヤーは分が悪い」

「ちょっと、聞いてないいんだけどそれ」

真顔になった。

突然なんてことを言い出すんだこの男。

本人は悪気があるどころか、まるで俺って何かやっちゃった？　とでも言わんばかりの表情を見せている。

（そこ重要だろう！　協力持ちかける時点で言えよ！　少なくとも同盟を締結したら言えよ！）

互いの関係性を考え、心の中でのみ盛大に罵声を投げかける。

もっとも、声に出さなかった理由は自分も聞き漏らしていたという自覚があった為だ。

本来ならもう少し詳細に互いの事情を把握してしかるべきだろう。だが未だ優への警戒が拭えないためにあえて踏み込んだ話をする事を避けていたのだ。

そのツケがここに来て出ていた。

さらに問題なのは本人があまり危機感がない点で、悪い悪いと軽く謝っただけでこの大失態の責任を取る腹づもりのようだ。

「あれ？　言ってなかったっけ？　敵さんはエルフの聖女三人にプレイヤー二人。そしてサキュバスのエッチなお姉さんたちだぜ。やべぇよな！」

やべぇどころの話ではない。

危うくノコノコと敵の一大勢力が開催する会談に参加していたところだ。

前提条件が先ほどから覆りまくっている。当初は同盟に関してＲＰＧ勢力側の罠や策略も考えていたが、単純に相手も崖っぷちなだけだったのだ。

拓斗は盛大にため息を吐く。ここまで自分に気苦労を与える存在はなかなかにいない。

仲間は良いものだとフォーンカヴンと同盟を締結した際に気楽な感想を抱いていたが、ペペが大当たりの人材だっただけのようだ。

「もしかしてキミ、結構その場の勢いで動いてる？」

思わずそんな言葉が口をつく。

優も流石に嫌みを言われていると気づいたのか、それとも自分が伝え忘れていた情報が非常に大切なものだったことに気づいたのか。

とにかく彼は慌てた様子で両手をぶんぶんと振って取り繕う。

「そ、そんなことはないぜ！　そうだよなアイ！」

「そうです！　ご主人さまは常に深い考えと洞察のもと動いています！　ご主人さまはすごいんです！　その、具体的にどうとか何がとかは私には難しいですけど、とにかくご主人さまはすごいんです！」

「ありがとうな！　その言葉だけで、俺は誰よりも強くなれるよ！」

強くなれるのなら頭の方も強くなってくれ。

そう強く願うのだが、奴隷少女アイの応援もそこまではカバーしてくれないらしい。

ヴィットーリオに加えて神宮寺優。

拓斗の胃に優しくない人物がここ最近どんどんと身近に増えていく。

（イスラ……マジで君を失ったのが痛い。本当に痛い）

彼女の包容力があれば彼らも少しはマシだっただろう。

よしんばイスラの力及ばずとも、拓斗と一緒になって苦労はしてくれただろう。

マイノグーラ英雄の中の唯一の良心と呼ばれた彼女が、無性に恋しかった。

「とりあえず会議室にもどって情報のすりあわせ

をしよう。フォーンカヴンの人たちとの顔つなぎもしてあげるから、仲良くしてね」

ともあれ、この場にイスラがいたとしても彼にかけられる言葉はただ一つだ。

「王であるのならこの程度の難事、なんのことはないでしょう」と。

まぁわかりやすく言うのであれば、偉大なる破滅の王なので頑張りなさいということだ。

「おーっ！　顔つなぎ！　なんかすごいな！」

「すごいですね、ご主人さま！」

「ふふふ、我が王がどれだけ偉大かわかりましたか？　王たるもの、常に国家のことを考え二手三手先を見通しているのです！」

(仕方ない。イスラが見守っていると思って徹底的にやるか)

暢気（のんき）にわちゃわちゃやっている三人を眺めながら、拓斗はため息を吐く。

自分もあの場に加わっていれば楽しかっただろうなと思うが、そうは問屋が卸さないとはまさにこのことだった。

Eterpedia

エル=ナー精霊契約連合

国家

属性：神聖・邪悪
指導者：貞淑の魔女ヴァギア
……
志向：《森林志向》《精霊志向》
《堕落志向》

NO IMAGE

解説

エル=ナー精霊契約連合は森と精霊を信仰するエルフの国家です。

独自の精霊魔術と森との親和性により強力な軍事力を有します。

広大な森とそこに住まう精霊のバックアップを受けているため守りに強く、聖女という強力なユニットを有しています。

現在では貞淑の魔女ヴァギアが率いるサキュバス軍に支配されており、国家の性質も大きく変質しています。

第五話　対話

　影武者を使えることはすなわちフットワークが軽くなったことを意味する。

　敵対勢力の能力を危惧し、より慎重な行動を求めていた拓斗にとって、この行動力はまさに天からの贈り物とも言える新しい武器であった。

　ゆえにその能力は最大限に利用しなければならない。

　拓斗の現在地は、フォーンカヴン首都クレセントムーン。

　なんとその機動力をもって直接ぺぺのもとへと乗り込み、今まで停滞気味だった両国の関係を解消しようとしたのだ。

「やぁぺぺくん久しぶり。そして急にごめんね。出来れば直接話をしておきたかったんだ」

「気にしないでください拓斗くん！　僕がいなくなるのはいつものことなので、日が暮れるくらいまでなら大丈夫ですよ！」

「そ、そう。余所（よそ）の国のことだから言うのもどうかと思うけど、あんまり心配させたらダメだよ」

「大丈夫！　大丈夫！」

　自分と同じくぺぺもフォーンカヴンという国家の指導者だ。

　流石に自分までとは言わないが彼もいろいろ命の危険がある重要な立場である。

　そんな状況を知ってか知らずか、同盟国とは言え急に単独で来訪した他国の指導者と平気で密談する彼の胆力に若干の不安を覚えながら、拓斗は今まで時間がとれずに言えなかった礼をまとめて行う。

「ともあれ、まずはマイノグーラ国王としてお礼申し上げる。今回のレネア神光国との紛争に関して。貴国の助力、実に見事だった」

「まぁ拓斗くんたちには大いにお世話になっていますからね。あの程度であれば安いですよ。北の大陸の人たちはこっちの人たちに厳しいから、あまり来て欲しくないというのもありますしね！」

「ぺぺくんでも仲良くなりづらいかぁ……」

マイノグーラの王としての正式な謝辞である。

レネア神光国との戦いの際、彼が両大陸接続地域で軍事演習を行っていたからこそレネアの聖騎士団の一部を釘付けにすることができた。

拓斗としてもテーブルトークRPG勢力との戦いは速度と隠密性を求められるギリギリの戦いだったために、あそこで派手に動いてくれたのは目くらましとしてとても助かったのだ。

当初の予定ではフォーンカヴンが接続領域に軍を派遣してそのまま実効支配するという予定ではあったが、実のところこの地域もフォーンカヴンから委譲されていた。

ドラゴンタンの時からもらいっぱなしで大丈夫なのか？　もしかして関係性が悪化した？　などと正直不安になった拓斗だったが、蓋を開ければ理由は別にあった。

「そういえば、銃器の訓練や大地の開墾についてはどんな感じかな？」

「そう！　それなんですよ！　実はそのことのお礼もしたかったんですよ！　拓斗くんが貸してくれた……《破滅の精霊》だっけ？　あの子たちが頑張ってくれたおかげで、フォーンカヴンの土地がどんどん実り豊かになっていってるんですよ！　これで高いお金を出して行商人から食糧を買う必要もなくなります！　見た目はアレですけど、すごいですね！　というわけで、その辺り含めいろいろと拓斗くんのところと商売のお話をしたいのですが！」

大地の開墾。それがフォーンカヴンが折角手に入れた肥沃な土地を手放した理由である。

つまりどのようなからくりかというと、本格的に運用が開始された大地のマナと大地の軍事魔術がその原因だったのだ。

大地の軍事魔術。それは土地の改善に寄与する内政面を強化する非常に有益な魔法だ。

元来暗黒大陸は痩せた土地で作物もろくに育たないのだが、この魔術を使えばその荒れた土地を作物が実る豊かな土地に変化させることができる。

ゆえに現在フォーンカヴンでは首都含めた所有都市周辺の土地の肥沃化に大忙しで、新たに手に入れた無駄に遠い距離の土地など逆にお荷物でしかなかった。

であればこそどさくさ紛れで手に入れた土地など近場のマイノグーラに売った方が得との判断がフォーンカヴンの総意らしかった。

（追加で結構な銃と弾薬を持ってかれたけど、土地とバーターと考えれば安いか。いまフォーンカヴンと下手にもめてもデメリットしかないし、他プレイヤー勢力の紐付きではない彼らが友好的かつ強力になってくれるのはこちらとしても有益だ）

「まぁこの辺りの話を実際の契約に落とし込むのは今後行う正式な交渉の時に、って感じで、とりあえず僕もこの方向性で問題ないからぺぺくんの方でも根回しはしておいてくれるかな？」

「はい、もちろん！　いまだ両国の関係はがっちり仲良しってことですね！」

互いが満足げに頷く。

拓斗はフォーンカヴンとの関係が続いていることと、もろもろの懸念事項が払拭されたこと。

フォーンカヴンはこの降って湧いた幸運が終わらず、国力を高められる機会がまだまだ続くことを。

「うんうん。大陸全土がきな臭くなってきたからね。仲良くできる分には仲良くしておいた方がいいだろう」

それは両者の方針で、少なくとも現状では偽りない本音だった。

「先日のでっかいお姉さんのことですね！　おっきなおっぱいでしたね！」

話が、別のものへと移った。

拓斗としてもこの辺りの情報は必要としていたためぺぺから話を振ってくれたことは行幸と言える。すなわち、フォーンカヴン含めた暗黒大陸の他国家が今回の事態をどのように受け止めているのか？　だ。

「そうだね、何もかもが大きかったね……。ぺぺくんはどう思う？」

「僕としては仲良くなりたいところですが、どうなんでしょうね？　一応代理で使者は送る予定ですよ！」

「代理……か」

「北部大陸の人と交流を持つのはちょっと気をつけたいんですよね。僕は気にしていませんが、こっちの大陸では北部大陸嫌いって人は多いですから。フォーンカヴン以外も、似たような感じじゃないですか？」

予想外に消極的な反応だ。否、フォーンカヴンの状況を考えるのであればこの判断も正しいと言える。

中立国家でありそもそもの騒動の渦中であるエル＝ナーから遠くにあるフォーンカヴンとしては積極的に相手側に乗り込むメリットが感じられないのだろう。

その口ぶりを聞く限り、他の中立国家も似たような方針らしい。

「けどその全陣営会談というのはあんまり興味ないですけど、マイノグーラのイラ＝タクトくんとは結構お話ししたいって人は多いと思いますよ？」

おや？　と拓斗は意外な提案に内心で首をかし

げた。

　ぺぺとこのように仲よさそうに会話しているから勘違いしがちだが、マイノグーラはあくまで邪悪国家だ。フォーンカヴンとの交流もあくまで利があるがゆえの行動に過ぎない。

　にもかかわらずここで他の中立国家が色目を使ってくるとはどのようなことだろうか？　生きとし生けるものが邪悪な存在を忌避するのは本能のようなものだ。フォーンカヴンとは魔王軍という共通の敵があったがゆえに交流を持つことができた、ある意味でイレギュラーなのだ。

（ふむ？　僻地に土地を持つ中立国家といえど、流石に焦り出したか？　とりあえず詳しく聞いてみるか）

「僕とお話、ねぇ。そういえばぺぺくんはこちらの大陸の他の国家とも交流があったんだね。ちょうど良い機会だし、その辺りぺぺくんから見た評価を教えて欲しいな」


暗黒大陸の国家についてはある程度は情報収集している。

　しかしながらフォーンカヴン以上に首都が離れていたり、そもそもが閉鎖的な国だったりであまり調査が進んでいないのが実情だった。

　今まではフォーンカヴンのように向こうから交渉でも持ちかけてこない限り放置で良いかと気にもしていなかったが、今後マイノグーラが大きくなるにつれ自ずと接触する機会は増えるだろう。

　少なくとも、サキュバス陣営の全陣営会談などという荒唐無稽な申し出によってその可能性は高くなった。

　拓斗は自らの頭の中にある暗黒大陸他国家の情報を整理しながら、ぺぺの説明とのすりあわせを行うこととする。

「そうですね。まずは海洋国家サザーランド。ここはドワーフの国で主に近海での漁や海洋貿易で力をつけている国ですね」

「話には聞いていたけど、ドワーフの国なのに海洋国家とは、少しイメージから外れるなぁ。鉱山と技術のドワーフって印象があったから」

「拓斗くんがどういう印象を抱いていたのかちょっと僕分かりませんけど、確か元々は内陸で興った国らしいですよ。ただまぁこんな土地ですから、豊かさを求めた結果海に行き着いたって感じですね」

　へぇ、と内心で感心の声をあげる。

　ドワーフの海洋国家とは初めて聞く概念で自分の中のイメージが崩れるが、それもまた興味深い。ただ行商人などがドラゴンタンに来たとかそういう話はてんで聞かないので、割と閉鎖的だったり頑固だったりするのだろう。

　その辺りはイメージどおりと言える。

「ただ技術の方は拓斗くんのイメージどおりで間違いないかもしれないですね。彼らの持つ船はどれもこれも巨大でかっこいいですから！　噂によると別大陸まで貿易に行っているとか？」

「おお、興味あるなぁ」

　大げさに驚いてみせるが、少々まずいかもしれない。技術面で優れ、別大陸と貿易まで行っているとなると想像する以上に国家の規模が大きい可能性があるからだ。

　少なくともフォーンカヴンよりも巨大な国家であることはこれで確実。

　ただ脅威となるほどの国家ではないこともまた確実。それほどの国ならばぺぺの言うとおり沿岸地域に追い込まれたりなどもしないし、豊かな土地を求めて確実にクオリアかエル＝ナーと戦争状態になっていてもおかしくないのだから……。

　暗黒大陸という土地と、そこにある中立国家の数々についての実像が拓斗の中でより鮮明になっていく。

「あとは都市国家というか、一つの街で一つの国、みたいな小国が二つほどありますね。うちみたいな多人種国家と、北の大陸で犯罪を行ったり政争で負けたりした人たちの国家が一つ。どちらもうち以下のちっこい国ですよ！」

どうやら暗黒大陸国家の合計は五つほどらしい。サザーランド、フォーンカヴン、都市国家が二つ。そしてマイノグーラ。

北の正統大陸から迫害を受けているというだけあって国力も比較すると高くはなく、人口もさほどといったところか。

サザーランドの技術や貿易についてはうまみがありそうだが、正直なところ他の都市国家とやらはあまり興味がわかない。

『Eternal Nations』であれば気がつけば消滅しているか、新しいユニットの試運転代わりに滅ぼされたりする程度の国なのだろう。

とは言え、何らかの形で利用できるかもしれない。判断は早計だ。

「なるほどありがとう。あと余所では絶対ちっこい国とか言ったらダメだからね」

「そのちっこい国も含めて、みんなマイノグーラに興味津々ってわけですね。特に僕らフォーンカヴンが良好な関係を築けていることが後押しになったみたいです。一度みんな交えてお食事会でもしてみます？　僕、また拓斗くんが出してくれた料理食べたいです！」

「まぁ料理くらいならいつでも喜んで招待するけど、そこまで言うってことはすでにぺぺくんの方ではある程度道筋はできてるんだ？」

やけにぐいぐい来る。

これは間違いなくせっつかれている、という予感があった。

そもそもぺぺがわざわざ時間を作ってまで会談に応じているのだ。いつもいなくなるとは彼の性格を考えると嘘ではないだろうが、だとしてもフォーンカヴンの実質的指導者がここまで骨を折って拓斗に時間を作っている以上、それなりの思惑はあると考えるのが筋だ。

　その理由がこれ、ぺぺにとって現状最大の関心事は、マイノグーラと他中立国家の行く末にあるらしい。

「というより、すでに今あげた国みーんな早くマイノグーラと会談する機会を設けたいってうるさいんですよね。実は拓斗くんのお返事待ちだったりします！　僕も今日拓斗くんが来てくれなかったら近いうちに会いに行く予定でした」

「ふむ……」

「みんな必死なんですよ。おっぱいがおおきなお姉さんはおっぱいだけでなく与えた衝撃も大きかったみたいですからね」

「あれか……」

ああ、とここで得心がいく。

　むしろなぜいままで気づかなかったのだといった簡単な理由だった。

　どうやら自分たちの周りでプレイヤーがらみの異常が起きすぎていたがゆえにその辺りの感覚が麻痺していたらしい。

　拓斗にとっては、まぁ派手にやったなくらいの出来事だったが、今まで貧しくとも平穏に暮らしていたであろう人々にとってはその限りではなかったということだ。

「大陸中に直接自分を投影するなんて、僕の知る魔術では存在しません。他もそうだし、もし存在したとしてもそう簡単にできるものじゃないでしょう。だからみーんな、すごく焦ってるんだと思いますよ」

　つまり相手側としては、よく分からない強大な力を持った軍勢が自分たちを呼びつけている。何をされるか分かったものではないのでフォーンカヴンを伝として同じく強力な力を持つであろうマイノグーラとよしみを通じたいと……。

（得体の知れない化け物と話が通じる化け物、どちらがよりマシかってことなんだねぇ）

拓斗はゲームではない現実の指導者として国を率いてきた経験から、今頃中立国家の指導陣は胃壁に穴が空くほどストレスをためているだろうなと同情する。

だがそれに対して考慮や配慮をする必要も義理もどこにもない。

どこまでいっても拓斗はマイノグーラの指導者で、国家と自分の利益のみを追求するゲームプレイヤーなのだから。

「どうです拓斗くん、これってお買い得だと思いませんか!?　この機を逃すな！」

「ぺぺくん、悪いこと考えるなぁ……」

「でも拓斗くんこういうの大好きでしょ？」

ぺぺもぺぺで今回の流れを逆手にとっていろいろと考えているようだ。

彼のこういう無邪気なところは非常に好感が持てる。こどもっぽさは、すなわち残酷さでもある。

それから数刻の間、ぺぺと拓斗は熱心にこの大陸の行く末を語り合った。その詳細は誰も知るところでは無かったが……。

ただその後続いた二人の楽しそうな笑い声だけが、その内容を語っているようでもあった。

Eterpedia

破滅の精霊

魔術ユニット

戦闘力：７　移動力：１
《破滅の親和性＋１》《邪悪》

※《六大元素》の研究完了で解禁

解説

**～精霊と呼ぶほかないが、
だがその存在はあまりにも醜悪であった～**

《破滅の精霊》は六大元素の解禁によって生産できる魔術ユニットです。

一般的な魔術師と変わりはありませんが、破滅の親和性を持っているため破滅のマナの増加によって戦闘能力が強化されます。

また、全魔術属性に適性があるため、戦略に応じて軍事魔術を習得させることができます。

第六話　旅路

拓斗にとって忙しくも充実した内政の時間。それはあっという間に過ぎ去ってしまう。

全陣営会談への参加の日が近づいてきたのだ。当然のことながら敵地ということもあって知らない土地である。

余裕を持っての前乗りは情報収集の面でも重要だ。

拓斗はサキュバスの使者が持ってきた手紙に書かれていたとおり、約束となる場所への旅路を歩んでいる。

旅の道連れは三人。一人目は彼の腹心アトゥ。

そして一時的に同盟関係を構築するに至った勇者ユウと奴隷少女アイ。

もっとも拓斗の中身は《出来損ない》であるし、アトゥの中身はヴィットーリオだ。

このことは勇者陣営には知らせていないし、知らせる必要も無い。

拓斗本人は現在マイノグーラ【宮殿】の中で集中しながら指示を行っている最中なのだから。

そして影武者を含む一行が現在いる場所こそ、マイノグーラが新たに手に入れたセルドーチがある地域の最北西。

正統大陸を二分する中央の山脈が途切れ、クオリアとエル＝ナー精霊契約連合における流通の要（かなめ）となっていた場所だ。

そのことを示すかのようにその場所には簡単ながらも舗装された道が走り、遙か彼方に見えるエルフたちの森へと続いている。

だがこの地がいくら交通の要所だったとしても今はその面影は一つも無い。

マイノグーラの領地となり、サキュバスたちによって乗っ取られた国との境に位置するここは、今や有数の危険地帯であり、常識的な判断力を持つ商人であれば近づくことはおろか話題に出すことも躊躇（ちゅうちょ）するだろう。

だからこそ、馬車が優に数台は通れるであろうこの道を歩くのは拓斗たちだけであった。

静かな、かつて賑やかだったであろう場所に《破滅の王》の声が響く。

「さて、ここからは完全に向こうの領地になる。まぁ一応サキュバス陣営が開催したというていでの全陣営会談だ。いきなり襲われるってことはないだろうけど、お互い警戒は怠らないようにしよう」

「おう！　まぁ今回は少数のパーティーだし、敵に襲われても最悪逃げればいいと思うぜ。逃走用の魔法ならいくつか持ってるからさ。まっ、大丈夫だろ！」

「そうですそうです！　ご主人さまにかかれば、どんな敵でもイチコロです！」

「そうだったらいいんだけどね。とりあえずもう少し行けば案内役と合流という話になっているから、そこまでは徒歩で行くか」

メンバーはごく少数だ。

相手の陣地で何があるか分からない以上、拓斗としてはダークエルフらを一人たりとも連れて行きたくはなかったのだ。

この辺り、拓斗とアトゥ二人なら違和感をもたれたであろうが、優とアイが同行しているため自然に見える。

互いに自分と腹心だけを連れての参加と見て取れるからだ。

「しかしながら拓斗さま。今回の全陣営会談とやら、果たしてどのような意図を持ってのことなのでしょうか？　罠にしろ友好を育むにしろ、些か大げさに感じるのですが……」

「全陣営を招いてやればどちらの理由にしろ話は早いというメリットはあるけどね。こればっかりは蓋を開けてみないと分からないよ……」

アトゥの皮を被ったヴィットーリオが質問を投げかけてくる。

かなりアトゥのトレースが上手な辺り、非常に微妙な気持ちにさせられる。

もっとも自分に変化(へんげ)されているアトゥ本人はそれ以上の何とも言えない気持ちを抱いているであろうが……。

その辺りは高度な政治判断が働いているとして許して欲しいところだ。

とにかく、現状は男女二人ずつの奇妙なパーティーが結成されている。

マイノグーラの支配地域であるセルドーチの外れから中央山脈寄り、エル＝ナー精霊契約連合に向かう道。

穏やかなそよ風を感じながら、拓斗はそれとなく辺りの気配を探り、優へと切り出す。

今のうちに情報の共有を済ませておきたかった。

「そういえば優。君はサキュバス陣営とは相容れないと言っていたね。確か直接攻撃を受けたことがあるって話だったと記憶しているけど。今更だけどそこのところ、もう少し詳しい話を聞かせて貰ってもいいかい？」

本来ならもっと早い段階で聞いておくべきことなのだろうが、拓斗としても優との関係性を測りあぐねていた部分があったので今まで突っ込んで聞けなかったのだ。

そもそもプレイヤー同士は戦う運命にあるという先入観が抜けきらなかったせいもあったかもしれない。

もしくは質問攻めにして、逆に対価として情報を求められたら厄介だという判断があったのかもしれない。

拓斗とて常に相手の先を行く判断ができるわけ

でも、常に正解を導き出せるわけでもない。

だがやり直しはきく。

ゆえに今回の疑問も、ある程度互いに人となりが分かったこの段階で解消することにしたのだ。

（まぁでもそこまで重要な話は含まれていない気もするけどね……）

おそらく返ってくる答えは拓斗の想像どおりのものとなるだろうが、一応念のために聞いておくにこしたことはない。

万が一にも重要な事柄を共有できていなかったとなれば大事になる。その点で言えば優はサキュバスが別プレイヤーと組んでいるという事実を伝え忘れた前科があるために慎重を期さなければならない。

「ん？　ああ、そうだな……。ここまで来たらいいか。鬼剛って知ってる？」

「確かすでに撃破されたプレイヤーだっけか？　全体メッセージという形で僕は知ったけど」

サキュバス陣営からの突発的な宣告が印象深いが、それ以前にも重要な出来事は存在していた。

それが拓斗の脳裏に示された全体メッセージで、鬼剛雅人というプレイヤーが撃破されたことの通達であった。

拓斗の全く知らない魔女名、プレイヤー名であったことからおそらくマイノグーラより離れた土地で起こった出来事かと考えていたが、優がその名前を出したということは、彼に何らかの関係があるらしい。

その疑問の答えは、だがあっけらかんとした彼の口からひどく簡単にもたらされた。

「あっ、そういう仕組みなんだ。ということは全プレイヤーがアイツがゲームから排除されたことを知ってるってわけか。まずったな……」

「まさか……」

「そう、鬼剛は俺が殺した」

一瞬の空白。剣呑な空気が流れるがそれもまた一瞬で流れる。

拓斗は静かに呼吸をし、やがて先ほどまで道の先に向けていた視線を優に向けると一言だけ問うた。

「なぜ？」

なぜそんな非人道的なことを？　という意味の『なぜ』ではない。

どういう意図があったのか、もしくはどういう経緯でそうなったのか、それを拓斗は聞き出したかった。

一見するとこのお人好しそうな二人組に、他陣営の殺害というある意味で忌避されるべき行いができるとは思わなかったのだ。

無論今までの全てが偽りだったというのであればそれまでではあるが、拓斗はそこに通常とは違う何らかの意図が働いているように思えた。

「向こうから一方的に攻撃され、仕方なくって感じかな。お互い誤解があったんだけど、そもそも考え方が結構違ってたからどちらにしろぶつかるのは不可避だったよ。多分タクト王もああいう手合いは嫌いだと思う」

「参考までに、どういう手合い？」

「男は踏み台、女はトロフィー、みたいな？　自分だけが特別で、他は馬鹿で愚かな雑魚ども、犠牲にすることになんら痛みも感じない勘違い野郎って感じかな」

内心でうへぇと声を上げる。

拓斗が最も嫌いなタイプだ。独善的で自分本位な部分が、ではない。

単純に愚かだから嫌いなのだ。

「ああ、たまにいるよね、箍が外れて暴走するタイプ。宝くじで一等を当てたのになぜか数年後には使い切って借金作ってるような無計画な人間」

「ってか正直、俺もぶつかりたくはなかったんだよな。プレイヤーってほら、なんかすげー力もってるじゃん？　『ブレイブクエスタス』が劣るとは言わないけどさ、何してくるのか分からないのマジで怖いじゃん」

頷く。理解できる。十分に理解できる。

散々苦汁を嘗めさせられた。無論その劣るとは言わない『ブレイブクエスタス』にもだ。

拓斗も他のプレイヤーに対しての甘えは今は一切持っていない。

同じ認識を優も有しているのであれば、ことさら相手に食ってかかるなど考えもつかないだろう。特に彼の目的はアイと楽しく愉快に暮らすことだ。

デメリットが先行しすぎて、あまりにもメリットがない。

「確かにね。僕もプレイヤーが持つゲームシステムの脅威については痛いほどよく理解している。じゃあ運悪く向こうに難癖つけられて逃げられずって感じで？」

「アイがさ、相手の目に留まっちゃったんだよ。んでさ、あのボケはあろうことか『その女を置いてけばお前は見逃してやる』とか鼻の下伸ばしながら言い出したんだよ。そんなこと言われたらもうやるしかねぇじゃん？　王さまもそう思うだろ？」

三文芝居の大根役者か？　はたまた程度の低い三流物語の悪役か？　どちらにしろ、優には同情しか湧かない。相手の言い分があまりにも嘘くさく彼の偽証とすら感じてしまうが、拓斗はこのような手合いが本当に現実に存在することをよく知っていた。

「まぁ確かにね、けどちゃんと殺せたようで良かったよ」

「うん、きっちりトドメは刺したからな。変に見逃して逆恨みされても怖いし、あれはもうしかたねぇよ」

であれば問題なし。世は事も無し、だ。

中途半端に情けをかけて大きな問題の芽を残さなかったことが拓斗の印象を良くする。

先の愚かな人間同様にいるのだ。下手に正義感を見せたり同情心を見せたりしてなぁなぁで話を収め、後々より面倒な出来事になって右往左往する人間が。

優がそうでなくてよかった。もし優がトドメを刺していなかったら拓斗の懸念事項が一つ増えていたから。

いやまて。拓斗ははたと考え直す。

何か嫌な予感がする。拓斗が自然と眉間にしわを寄せる。

（話が繋がらない。僕はサキュバスと敵対する理由を聞いた。なぜもうトドメを刺したはずのプレイヤーの話が出てくる？）

拓斗が小さな違和感のとげに困惑している間も、優の話は続く。

「んで、まずいのがここからなんだ。鬼剛の持つゲーム。それがトレーディングカードゲームだったんだ」

――トレーディングカードゲーム。

それは様々な絵柄と効果が描かれたカードを用いて、対戦を行う根強いファンがいるゲームだ。

それぞれがライフと呼ばれる得点を持ち、カードを利用して魔物を召喚したり魔法を使ったり、特殊効果を用いて相手に攻撃し、ライフをゼロにすることを目的としている。

その複雑かつ戦略性を求められるゲーム性、そしてカード自体が持つコレクション性やレアリティ性などから多くの人々を魅了している。

世界各国で行われる大会や、時には家すらも買えてしまうほどの金額になるレアカードなど、非常に独特かつ熱量の高いジャンルがこのトレーディングカードゲームという存在であった。

拓斗も多少は知っている。

流石に高レアカードなどを実際に購入したり、デッキを作って他人とプレイするなどはできなかったが、ネットでカードの情報を見たり大会の勝負を見たりすることは好きだった。

　多少の知識はある。拓斗は無数にあるゲームの中から、己が知るゲーム名をいくつかあげてみせる。

「トレーディングカード……。『アニメティックユニヴァース』？　『ブラッドアンドクリスタル』？」

「なんだっけ？　なんとか王って聞いたな」

「『七神王（ななしんおう）』かぁ。投機のイメージが強くて個人的には好みじゃないんだよなぁ。世界観やゲーム性は好きなんだけど……」

　思い当たるゲームがあった。

『七神王』。通称『ナナシン』と呼ばれるそれはカードゲームの中でも特に異質だ。

　それはカード自体がある種の商材的な価値を持ってしまったために、トレーディングカードゲームの中でも群を抜いて高額カードが多いのだ。

　一時は資産家は金塊の代わりに『七神王』のカードを金庫に保管していると揶揄されるほどの熱狂具合。

　ゲームそのものに価値を見いだす拓斗としては、そういう実体を伴わない価値の暴騰やブームを苦々しく思っていた。

　ゆえに、優からこの名前が出た時も、正直なところあまり良い気分にはならなかった。

（もしかしたら『ナナシン』のキャラとぶつかる可能性もあったのかぁ。あれは結構バランス崩壊な魔法や魔物が多かったから良かったといえば良かったけど、優はよく倒せたなぁ。一度くらいは『ナナシン』のキャラを見てみたかったけど、まぁそれも無理か）

『七神王』のプレイヤーである鬼剛はすでにこの世界から排除されている。

　であればゲーム自体も排除されているはずだ。

　鬼剛がどのような経歴だったのか、魔女はどのようなキャラだったのか？　興味は尽きないが、それらはすでに過ぎ去ってしまったことであり今更どうこうできる話でもなかった。

「ああ！　王さま知ってるのか!?　良かったぜ！　これで情報面での不安はなくなったな！」

「……ん？　どういうこと？　鬼剛は排除されてるんだよね？」

『七神王』への興味で薄れていた警戒が戻ってくる。

同時に警鐘が脳内で鳴り響く。何か、やばいことが起きている。

少なくとも今からそのやばいことがこの男の口からもたらされる。

擬態している拓斗の影武者と大呪界にいる拓斗本人の額に、汗がつつと流れる。

「いやぁ、あのさぁ。なんかね、鬼剛を撃破した時にどうもアイツのデッキがこの世界に残っちゃったらしくてな！　んで、サキュバスのお姉さんたちにもってかれました！」

「お前さぁ……!!」

拓斗は本気で切れそうだった。

いや、口調を聞く限り本気で切れたのだろう。日頃から比較的丁寧な言葉遣いをする拓斗にしてはかなり砕けた口調だ。

それほどまでに、拓斗は動揺していたのだろう。暴言が出てこなかっただけマシである。

「ごめんって！　マジでごめんって！　いや、消えると思ったんだよ！　倒したら終わりだって！　そしたらなんか、アイツが持ってたカードがそのまま床に落ちてさ！　あ、トレーディングカードだしそういう仕組みなの？　って思ってるうちにさ！」

「ご、ごめんなさい！　私も悪いんです！　サキュバスさんに捕まりそうになって、ご主人さまが私を優先してくれたんです！　だからカードまで気が回らなくて。気がついたら逃げられてて……」

涙目で謝罪してくる優とアイ。

仲良く謝罪してくれるが、それどころではない。

「じゃあ何か？　もしかして今のサキュバス陣営ってサキュバスとエルフの軍勢、エルフの聖女が三人。プレイヤーと魔女二人ずつに追加で『七神王』のシステムを持ってるってことなの!?」

「そ、そうなるな……あはは！　改めて聞くと、やべぇよな俺たち！　この協力関係、これからもずっと大切にしような!!」

「当たり前だ！　ほんと裏切るなよ!?　振りじゃないぞ！」

「お、おう！　タクト王も裏切らないでくれよ！」

「どうやったらこの状況で裏切れるんだよ」

やばい。非常にやばい。

予想していた以上に敵の戦力が高い可能性がある。

彼の内心を知ってか知らずか穏やかに流れてくる風を逆にうっとうしく感じながら、慌てて『七神王』のシステムを思い出す。

（『七神王』はカードを使うのにそれぞれ固有の属性を持ったマナが必要だ。逆にマナがなければ何もできない。……いや待てよ！　この世界には【龍脈穴】がある！　『Eternal Nations』で使えたんだ、『七神王』のシステムでは使えないと考える方がおかしいだろう）

まるであつらえたかのように全てのピースが綺麗に一つにはまっていく。

『七神王』は直接対決をメインとしたゲームのためＲＰＧのように個の戦いに特化しており数に弱い。

だが反面、個の戦いは非常に戦略的に動くことができ、相手が取る手段への対策が困難なのだ。

何せ相手プレイヤーを直接攻撃できるような能力や魔法がわんさかと存在している。

一瞬でも気を抜けば、あっという間に喰われる。

どんでん返し、ジャイアントキリング、ワンターンキル、無限コンボ……。

手札の数だけ戦略が存在する。それがトレーディングカードというゲームだった。

（やばい、やばいぞ。ならサキュバスがエル＝ナーの土地にこだわった理由も分かる。あの広大な土地のどこかには間違いなく【龍脈穴】が存在する。その数は未知数だけど、最低二つもあればマナ産出カードから無限召喚コンボが組めたはず！

……くそっ!!）

「くぅぅぅぅ!!」

思わず声にならない叫びを上げる。

その様子を眺めながら、隣にいるアトゥがとてもとてもうれしそうな表情と声音でささやく。

「ふふふ。なんだか盛り上がってきましたね。このアトゥ、拓斗さまがどのようなご活躍を見せるか、心から楽しみにしております」

本人ですら見せたことのないような満面の笑みで激励してくるアトゥ。

今はそんな彼女――中身のヴィットーリオを睨みつけることすらできない。

一方の優も拓斗の反応からいよいよ危機的な状況であると理解したのだろう。

顔面を蒼白にしながらしきりに何度も「やべぇ、やべぇ」とつぶやいている。

「うう、ご主人さま。頑張ってください。アイはご主人さまを信じています！」

「頑張ってください。拓斗さま♪」

かたや悲しみ、かたや喜悦、二人の少女は自らの主を応援する。

当の本人たちはそんな言葉も聞こえていないらしく、勇者と破滅の王という立場にしては情けないほどに動揺し続けるのであった。

七神王最強無敵ランキング

七神王の世界へようこそ！

七神王は――カンパニーが発売するトレーディングカードゲームです。
現在第 11 弾まで発売中で、その種類は数千種類。そして戦略も無限大。
世界中で翻訳されており、大会も日夜各地で行われています。
このサイトでは主に各カードの性能ランキングや、最新取引金額ランキングを掲載しています。

魅力的なキャラクターと世界観が君をまっているぞ！
さぁ、君も七神王でレッツバトルだ！

第七話　淫婦

ホウレンソウ――すなわち報告・連絡・相談の重要性を十二分に理解したあの悲しい出来事を除いて、旅路は実に順調と言っても差し支えなかった。

　サキュバスの支配領域。マイノグーラとの国境付近で合流した案内人のサキュバスの導きによって無事エル＝ナー精霊契約連合に入国した拓斗たちは、そのまま徒歩で最も近いエルフの町――現サキュバスの町へと到着していた。

「これがサキュバスに支配されたエルフの都市……か」

　周りから集まる住民たちによる好奇と警戒の視線。

　それらを全身で感じながら、拓斗も無遠慮に辺りを見回す。

　と言っても視界に入るのはその大部分が巨大な木々。立体的に作られた町の構造も相まって、案内人がいなければすぐに迷うであろうことは間違いない。

　サキュバスの町は元がエルフたちの町を占領したことからも分かるとおり、森の中に作られている。

　そのベースとなるのはエルフの文化だ。

　建物自体はどこか既視感があるものが多かった。それもそのはず、近縁種であるダークエルフたちの樹上建築物とかなり特徴が似ていたのだ。

　違うところと言えば、意匠と後はダークエルフと違って建物に白や緑の配色が多いことだろうか？　空からは木漏れ日が差し込み、辺りを穏やかに照らしている。

マイノグーラの首都である大呪界と属性を真逆にすればこのような町並みになるだろうなと感じられる、そのような風景だ。

ただある一点を除けば。

「うっ、うぉぉぉ！　そ、そこかしこにエッチなお姉さんが……」

優が喜びの声を上げる。

それもそのはず、エルフの国には似つかわしくない存在――サキュバスがその町の至る所に存在していた。

その全てが拓斗たちを吟味するかのように蠱惑的な視線を向け、まるで誘うかのように淫靡に微笑みかけてくる。

《出来損ない》を通じてこの光景を見ている拓斗ですら思わず顔を赤らめてしまいそうになるのだ。直接この場にいる優はたまったものではないだろう。

今も年頃の青年よろしく鼻の下を伸ばして情けなく周りに愛嬌を振りまいている。

だがそんな男子の淡い夢もすぐさま終わりを迎えた。

「ご・しゅ・じ・ん・さまぁ～！」

「ひっ、ひぃ！　ごめんなさいアイさん！　やましい目で見てなんかいません！　俺は無実です!!」

まるでラブコメだなぁ、などと拓斗は感想を抱く。

同時に少し安堵もした。ここでサキュバスの色香に惑わされて下手な行動を取られたらたまったものではない。そういう意味ではストッパーとして優の頬をつねっているアイの存在はありがたかった。

彼女の力は未知数であり、優の言葉を借りるなら一応サポートメインで戦いはできるとの言葉だったが……。

戦闘関係なくこのまま優の外付け良心回路で

あって欲しいとさえ思う。

　全く別ジャンルの青春を繰り広げている二人を余所に、拓斗はマイノグーラの王として、そして『Eternal Nations』のプレイヤーとしてこの状況を吟味する。

　都市にはその国家の性格がでる。

　国民を奴隷のごとく扱っているか、それとも令嬢のごとく甘やかし管理しているか。

　人々の表情や健康具合にそれらはつぶさに反映され、偽ることは容易ではない。

　その点で言えば、拓斗が観察したこのサキュバスの町の風景は少々虚を衝かれたという感想を抱くものだった。

　それは隣にいるアトゥ――の姿に《偽装》したヴィットーリオも同意だったらしい。

「意外ですね。淫欲と退廃でもっと都市が崩壊していると思いましたが、一見すると都市機能が維持されているように見受けられます」

「アトゥも思った？　そうなんだよね、下手したら男が干からびて全滅しているか、家畜にでもなっているかと思ったけど、そんなことは全然無い。まぁ人目も憚らずイチャつくカップルは多いみたいだけど……」

「その辺りの風紀の緩みは甚だしいですが、我々が想像するサキュバスの生態からすると少し不思議ですよね」

　町にいるエルフたちの表情は晴れやかで、少なくとも占領下においてひどい扱いを受けているという印象はない。

　それどころか中には仲睦まじく手を組んで道を行く若いエルフ男性とサキュバスのカップルや、困った様子で複数のサキュバスに言い寄られている壮年のエルフ男性もいる。

　少々目のやり場に困る熱愛っぷりを公衆の面前で見せつけている者たちもいるが、それにしても多少過激というだけで堕落とまでは言い切れなかった。

　管理されている——。

　拓斗はこの状況にサキュバスたちへの警戒度を一段階上げる。

　そのやりとりが興味を引いたのか、先ほどまで黙って拓斗たちに同行していたサキュバス——すなわち案内人の一人が会話に加わってきた。

「それは当然であるぞ客人よ。我々サキュバスの目的は搾取ではなく共存繁栄。イナゴのようなマネをするためにこの世界に来たわけではないのだ」

　スラッとした体躯の、どこか冷たい印象を感じさせるサキュバス。

　サキュバスにしては全体的に起伏に乏しいが、それが逆に魅力となっている。

　その名はフリージア。

　案内人の一人だと名乗った彼女は、見た目や立ち振る舞いからして高い立場にある人物のようだ。

　そこらにいるサキュバスたちが見た目であまり差異を感じられないのとは違い、彼女には明確な個性がある。

　キャリアウーマンタイプだなとの感想を抱きながら、どこか傲慢さを有した説明をする彼女に拓斗は問いを投げかける。

「それはキミたちの女王の意思と考えて？」

　共存繁栄とは大層なお題目だが、やっていることは実のところマイノグーラとダークエルフたちの関係性に近いものがある。

　その辺り含め、上がどのような考えを持っているか探りを入れるための質問だった。

「はぃ、女王ヴァギアさまは常日頃からおっしゃっています。曰く『かわいそうなのは抜けない』と。つまり、みんなで仲良くエッチに暮らすのが私たちサキュバスの唯一にして最大の目標なのですぅ」

　問いに答えたのは、もう一人いる案内人のサキュバスだった。

彼女の名前はゴリアテ。

先ほどのフリージアとは反対に小柄で愛らしい印象を受けるそのサキュバスは、少々気が弱いのかどこか怯えた態度で補足してくれる。

どうにも見た目が名前に負けている印象が強いが……。

「……なるほど」

案内人はサキュバスの女王……すなわち魔女ヴァギアから直接の命令で拓斗たちにつけられている。彼女にどのような思惑があるのか分からないが、少なくとも国家の指導者として立ち振る舞うつもりであるのならばそれなりの要職であろう。

そして要職であり女王の命で行動している以上、その言葉には責任が伴う。

目的はさておき、この段階でサキュバスたちの動機が知れたのは幸いだった。

だが同時に、良くない状況であるとも拓斗は理解している。

あまりにもエルフたちの取り込みが順調にいきすぎている。

これではエルフたちをたきつけたり支援したりし、国内でゲリラ活動を行わせ国力を削ぐという作戦も使えないだろう。

ある程度取り込まれた可能性は頭に入れていたが、完全に同化しているとは考え得る中でも特に良くない状況であった。

「共存繁栄。と、ということは……もしかしてこの国に住んでるエルフって毎日エッチなサキュバスお姉さんと……いでっ！　いでで！　やめっ、やめてくださいアイさん俺が悪かったです！」

「ご主人さまのバカバカえっち！　もう、言ってくれれば私がご主人さまに……」

「え？　何か言った？」

「何も言ってません！」

役に立たない二人は相変わらず楽しげだ。

何やってんだこいつら？　拓斗は喉元まででか

かった言葉を必死で飲み込む。

これでも単体戦力では特級なのだ。本人もアイも策を練ることはからっきしと言っていたし、頭脳労働は自分ですれば良い。

適材適所。できぬことよりもできることに目を向ける方が大切だった。

その点で言えば、拓斗にはまだまだできることがある。

すなわち全陣営会談の開催までに最大限の情報収集を行うことである。

この町で強く抱いた違和感。それが相手を切り崩す一手となることを信じて。

「そういえば、女性の姿が見えないんだけど。サキュバスではなくエルフの……。彼女たちはどうしたんだい？」

「え？　百合百合したり生やしたりしていますよ？　後は趣味に生きたりペットを飼ったりしていますぅ」

（いや生きてるのかよ！）

心の中で盛大な突っ込みを入れる。否、思わず大呪界にいる本体までもが声に出してしまった。

サキュバスの性質からして男にしか興味が無いはず、女性を狙うインキュバスが存在しない以上、エルフの女性たちは何らかの困難な状況にあると踏んでいたのだが。

拓斗の予想を覆して、単純にこの場にいないというだけの話で、加えてサキュバスたちができる範囲で対応が行われていたらしい。

みんなが仲良くとは女王のポリシーだが、どうやら口先だけの耳心地の良いアピール文句というわけでもないらしい。

「幸いなことにエルフの女たちもどうにか折り合いをつけてくれている。とは言えそれでも受け入れられないという女たちもいる。そういう者たちは政治団体を結成して毎日評議会の前でデモを行いストレスを発散しているがな」

「そ、そう……」

「なるほど、よく統治されているのですね。しかし失礼ながら、ここまでエルフたち他種族を慮る対応をしておきながら、なぜ侵略という方法をとられたのですか？　貴女がたならどこか空いた土地で国を興し、その美貌と身体で移住者を募っても良かったでしょうに」

アトゥの姿をしたヴィットーリオが拓斗に代わり質問を続けた。

どうやら拓斗があきれ果てた様子を見せたことによって、しばらく彼がアクションを起こさないと踏んだらしい。

これは拓斗としても助かるところだ。拓斗はヴィットーリオよりも洞察力に優れているとは言え、見逃している点も多々ある。

ヴィットーリオとともに事に当たることができれば、普段にも増して様々な情報を収集することが可能になるだろう。

事実先ほどの質問は良かった。拓斗としてもこの辺りの事情は突っ込んで聞きたかったがあまり質問漬けにしても警戒を抱かせる。

その点、今まで黙っていたアトゥが疑問を抱くという形であれば自然と答えが引き出せそうな気がしたからだ。

（まぁいままでの流れからしてなんかふざけた理由っぽいけどね。どうやらヴァギアは割とギャグよりの性格っぽいし。サキュバスたちの雰囲気を見ても、いわゆる馬鹿ゲーの類いから来ているのかな？　それなら人死を避けるのも理解できる）

今までの話や、印象を吟味していくとおぼろげだった相手側の輪郭が明確になってくる。

少なくとも、ある程度の絞り込みはできたと言えよう。

だが……。

「「……？」」

二人のサキュバスは、アトゥ——ヴィットーリオの質問に理解が及ばないといった表情を見せた。質問の言い回しが分からないとか、答えを許可されていないといった事情があるがゆえの表情ではない。

まるで初めて聞かされた概念かのように、理解の外にあるとでも言わんばかりの表情を見せたのである。

「おや？　質問が難しかったでしょうか？　侵略を選んだ理由を問うたのです。結果が同じなら、もっと穏当な手段でも良かったのでは？」

その言葉でもなお、二人のサキュバスは不思議そうに困惑の表情を見せるばかりだ。

それどころか今度は互いに見つめ合い、どう答えたものかと思案している様子すら見せている。

ここに至り、拓斗は相手側もまた単純明快な事情を持ち合わせているわけではなく、彼女たちなりの特殊なルールと概念で動いていることを理解する。

数秒して、その理解が正しいことを裏付けるかのように、ようやく二人は回答する。

「いや、違う。そんなことは考えたこともなかったからだ」

「〝拡大〟することは、命あるものとして正しい姿なのですぅ」

「なるほど、それは道理。これは私の質問が非常識でしたね。謝罪いたします」

アトゥはそれだけを言い、会話を打ち切った。どうやらヴィットーリオとしてももはや何も問うことはないらしい。

拓斗は内心でため息を吐く。

少なくともこの時点で互いの国家間で何らかの妥協点を見いだすことが不可能であることが明らかになったからだ。

（なるほどなぁ。こりゃきびしいや）

当初彼女たちは自分たちを指して「イナゴではない」と言った。

　だが自らが拡大増殖することに一切の疑問を持たぬのであれば、その主張も空しく響くだけだ。

（生態はどちらかというと昆虫に近いのか？　それも蟻や蜂といった階級型の……。しかも相手をも取り込んで勢力を拡大させるキメラタイプか……。ＳＦホラーで宇宙船に入り込んでるタイプの生物だな）

　拓斗は視線を町の往来に向ける。

　エルフとサキュバスは一見して幸せそうに見える。

　だが拓斗には、その光景が何か得体の知れない存在の腹の中で見せられる仮初めの夢のように感じられた。


　その後の旅程は実に穏やかなものであった。

　間に挟んだ町は二つ。

　規模はさほど大きくなく、人口や広さではドラゴンタンと似たり寄ったりの町だ。

　それ自体は何ら問題とするところではないのだが、途中の宿でサキュバスたちの夜這いや色仕掛けが激しく、それについては辟易した。

　もっとも、それらも案内役の二人の一喝によって霧散しある意味で平穏無事だ。

　逆にサキュバスたちの生態を知れたということでプラスに考えることもできるだろう。

　ただ優の方は一騒動あって一時期アイとの仲が険悪になっていた。

　とは言え、その後すぐにまたいつもどおりのイチャつきを見せていたところを見るとサキュバスの誘惑もスパイス程度にしかならなかったのだろう。

　無事平穏とはこのこと、拓斗はそのことに安堵しつつも、平穏であればあるほど、揺り返しが酷いことを知っているため警戒は怠らない。

そしてエル＝ナー精霊契約連合に入国して数日が経過した頃。

エルフとサキュバスの国はその領土が全て森林に覆われているため、現在地がわかりにくいが、歩いた距離からおおよそ換算する限り領土の中央にさしかかった頃だった。

ようやくエルフたちのかつての首都であり、現在サキュバスの女王ヴァギアが治める首都――カーン＝ナーへと到着した。

（さて、ここからが本番……か。相手が何を言い出してくるのか、どのような大層な議題を持ち合わせているのか。楽しみでもある）

精霊都市カーン＝ナー。

エルフの国は各氏族の名士が代表となって国を治める合議制の国家だ。

ゆえに首都というものは厳密に存在しない。

その代わり彼らにとって重要な建築物である【世界樹】と呼ばれる巨木が存在しているここカーン＝ナーが便宜上の首都として扱われている。

無論便宜上とは言え、お飾りなどではなくその規模、人口共に国家の最大を誇っている。

木々に阻まれその規模をはかることは困難を伴うが、以前の町に比べ樹齢を重ねた木々が多いこと、人々の往来が活発なこと。

何より樹上建築物の多さとその複雑さを考えれば誰が一目見てもこの場所が巨大な都市であることはよく分かった。

（ろくなことにはならないだろうけど、やらないわけには行かないからね）

すでに会談の行く末を推察している拓斗は、そう内心で独りごちながら案内人の二人についていくのであった。

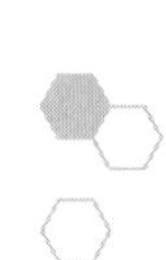

「アトゥ。一応方針を伝えておくよ？」

「あくまで今回の来訪は平和目的、相手が行動を移さない限りはこちらから手を出すことは固く禁じる……ですね？」

「ご名答、話が早くて助かるよ」

「ありがとうございます。我が王よ」

『それはそれとして、情報収集も怠らずに。できればサキュバス陣営含め、他陣営のプレイヤーが持つゲームシステムは把握しておきたい』

『ん～～！　今回はそれが目標ですなぁ！　相手を知り、己を知ればなんとやら。しからば戯れはほどほどにしておきますぞ！』

案内された控え室でアトゥに対して念押ししながら、ヴィットーリオへ内密の話を念話で行う。

どこに耳があるか分かったものではない。こういう時に誰にも聞かれずに相談ができる念話は防諜の面でも非常に有用だ。

今回の会談、一応の名目は平和のための話し合いだ。

隙あらばという思いは常に持ちつつも、積極的に打って出るつもりはなかった。

誰も彼もがここにいる拓斗とアトゥを本物だと信じて疑っていない以上、手札は温存しておくに限る。それが拓斗の判断だ。

「話によるとすでに他の陣営も到着しているらしい。会談は明日……か。果たしてどんな人物が来るのか。興味は尽きないね」

拓斗は誰にいうでもなく呟く。

その言葉に偽のアトゥが頷き、沈黙だけが残る。

この大陸に何らかの思惑で召喚されたプレイヤー。

その全てが集まるであろう全陣営会談は、もうすぐそこまで迫っていた。

………

……

…

エル＝ナー精霊契約連合首都、カーン＝ナー。

その中央に位置するテトラルキア評議会、審議場。

拓斗たちが案内されたのはかつてエルフの長たちが国家の方針を決定する場所であった。

中央に存在する世界樹と呼ばれる巨木、その最上部に建造されたそれはエルフの威風を全世界に示すかのごとく荘厳で、また同時に精霊との調和を示すかのように自然にあふれていた。

淡い緑の光が辺りに漂い、濃密な魔力がこの場所が持つマナ源としての価値を存分に示している。

マイノグーラの【宮殿】も破滅のマナを生み出す機能がある。

この世界樹に作られた評議会も同じ機能を有していることは明らかであったが、その規模に関しては残念ながらこの国に軍配が上がるだろう。

少なくとも、今のマイノグーラ宮殿のレベルでは到底太刀打ちできない規模であった。

（エルフの国の最重要施設だろうに、ずいぶんと気前よく敵を招き入れる……）

逆に言えば、それほどこちらに譲歩しているともとれる。同時に懐で何か騒ぎ立てられた程度では自分たちの地位は揺らがないと考えているのかも知れないが……。

どちらであるかはこれから分かるだろう。

少なくとも大陸全てを巻き込んだ全陣営会談というご大層なイベントの会場としては十分であると言えた。

巨大な木製の円卓に、他陣営の人々が案内される。

見知った顔は……優程度だ。クオリアの人間を知らないのは当然として、フォーンカヴンも拓斗の知らぬ人間だった。

どうやらぺぺが先に言ったとおり、代わりの使者を送ってきたらしい。

他は……。

（予想よりも参加者が少ない？　それにあれは

……？）


他プレイヤーの人相を知っておきたかったが、今のところ見当たらない。

その代わり、テーブルの上に不思議なオブジェが設置された席がいくつかあった。

その一つが粉々に砕けているのを見た拓斗は、その席が何を意味するのかをなんとなく察する。

自分と同じくすでに理解しているだろうが、念のために共有しておくかとヴィットーリオに念話を行おうとした時だった。

扉がぎぃっと開き、拓斗たちを案内してきたサキュバスが二人入室してくる。

「ようこそ会談の場へ。全陣営会談への参加、心より感謝するわ♡」

同時に、彼女たちの背後からある意味でよく見知った、けれども初めて会うサキュバスが現れる。

そして、世界の命運を決める会議が始まった。

SYSTEM MESSAGE

【イベント】全陣営会談

全陣営会談が開始されました。

各陣営の参加者は己の利益の最大化を目指し、本会談に挑んでください。

OK

Eterpedia

ノーブルサキュバス

戦闘ユニット

戦闘力：不明　移動力：不明

解説

ノーブルサキュバスはサキュバス階級の内で第二位に位置するサキュバスです。

彼女たちは貴族階級であり、女王の命を受け下位階級のサキュバスたちの管理を行っています。

またサキュバス国家の運営において中心的な役割を持つのも彼女たちです。

サキュバスは位階が上がるごとに戦闘能力が高くなる性質があり、ノーブルサキュバスともなると英雄に迫る戦闘能力と知恵を持つこともあります。

ただし男性の趣味は千差万別で、ダメな男に絆され貢いだあげく破産する個体もいたりします。

第八話　全陣営会談

　全陣営会談がここに始まる。

　この場にいる全員がある種の緊張感をもって成り行きを見極めようとしている。

　少なくとも、魔女ヴァギアが何を考えてこの会談を開催したのか、その本心を知りたいと考えていた。

「あらあら？　みんな緊張してるのかしら？　初めてだもっとリラックスしてもいいのよん♡　ガチガチなのはあっちだからって緊張しないで。ガチガチなのはあっちだけで大丈夫♡」

　ふざけた物言いで、魔女ヴァギアが椅子に座る。

　背後には案内役だった二人のサキュバス。ヴァギアの背後に侍ることを許されるとなると、拓斗が予想していたとおり高い地位にあるのだろう。

　拓斗にとってのアトゥ。優にとってのアイ。そのような重要な位置だ。

　少なくとも、護衛として十分な能力を有しているであろうことはよく分かる。

（魔女ヴァギアか……ここに至ってもプレイヤーがいないということは、隠れているのか？　それとも彼女の傀儡となっているか……）

　今までの傾向からして、プレイヤーには一人の魔女が付き従うのが通例だ。

　拓斗にとってのアトゥ、GM繰腹にとってのエラキノ。敗退したプレイヤーにも《無価値の魔女》という者が存在したし、神宮寺優に関してはおそらくアイがそれにあたるだろう。

　その流れで行くと、プレイヤーは男性であり付き従う女性の魔女が存在すると考えるのが通常ではあったが、サンプル数が少なすぎるため断言はできない。

少なくとも、他に隠された人物がいる可能性だけは頭の片隅に入れておく必要があった。

沈黙を保ったまま、拓斗はヴァギアの様子を観察する。

（それにしても、すごい格好だなぁ）

その有り様に関する分析もさることながら、拓斗は目の前で機嫌良く笑うサキュバスの女王の格好に呆れてしまう。

いつの日かのように全裸というわけではないが、それでも全体的に露出が多い。そのグラマラスな体形もあって実に目のやりどころに困る。

サキュバスの女王として見るなら百点満点なのだろうが、交渉相手として見るならあまりにも品性に欠けるというのが本音だった。

だがそんな人の性欲という概念を煮詰めて形にしたような彼女であってすら、この場所がすでに戦場であることは理解しているのであろう。

参加者全員が様子見に回っていることを理解すると、ホストの役目だとばかりに会談を進行していく。

「仕方ないわねぇ、じゃあ私が開催したお話だし、言い出しっぺが挨拶しましょうかね？　こほん——初めまして、全国家の代表者♡　そしてプレイヤーの皆さん。私がこの地を治める新たな支配者！　サキュバスの女王にしてエルフの王！《貞淑の魔女ヴァギア》よ♡」

勢いよく立ち上がり、揺れる豊満な胸を見せつけるかのようなポーズとともに宣言する。

背後に侍る二人のサキュバスがパチパチと拍手をし、ヴァギアが各参加者に向けて投げキッスをしていく。

このまま自己紹介でも始める流れだろうか？　拓斗が緊張でつっかえずに言えるかな？　などと一瞬本筋から離れたことを考えていると、予期せず彼が求めていた情報が明かされた。

「あっ、ちなみに。持ち込んだゲームシステムはADV。ゲーム名は『ドキドキ☆サキュバスワールド　～現実世界にサキュバスがやってきた件～』よん♪」

「『ドキサキュ』かよ！」

（『ドキサキュ』か……）

優が思わず叫び、拓斗は心の中でつぶやく。

『ドキサキュ』の名称で親しまれるそれは、拓斗が元いた世界で有名なアダルトゲームだ。

ジャンルとしてはノベル系アドベンチャー。ある日異世界から侵略してきたサキュバスによって世界が征服され、その後サキュバスたちとひたすらイチャイチャするというお馬鹿系に属する成人男性向けゲームである。

ゲームシステムとしては目新しいものはない。というよりもグラフィックや音声、そして物語を読むことが主軸とされるこのタイプのアドベンチャーゲームにおいて、複雑なゲームシステムを用意・両立させよという方が無理がある。

すなわち、システムに関する脅威度は低脅威。少なくともどのような裏技じみたやり方を用いたところで、拓斗たちに直接攻撃をする手段はない……。

（それにしてもまさかアダルトゲームか……）

正直なところその可能性は流石にないだろうと思っていた拓斗は、この世界で起きている戦いにはあまりにもそぐわぬそのチョイスに少々面食らう。

だがその衝撃はまた別の驚きによってかき消された。

（くそっ！　だから『七神王』か！　優め、ちゃんとシステムごと殺しておいてくれなかったことを恨むぞ！）

サキュバスの陣営に特殊な能力は無い。

強いて言うなら『ドキサキュ』の愛称で呼ばれるゲーム内における設定くらいだ。

サキュバスは現代人類では到底敵わぬ強力な種族で、数が多い。それが唯一彼女たちの武器であったのだが、ことここに至ってはその前提が全て覆される。

強力な軍隊と強力な能力。エル＝ナー契約連合の土地が持つ膨大なマナ。

そして極めつけは『七神王』のシステム……。

それらが牙をむけばどれほどの被害になるか分かったものではなかった。

「ふふふ♡　『ドキサキュ』を知っている人がいたみたいねん♡　いろいろゲームの話で盛り上がりたいところだけど、今日はその話をしに来たわけじゃないからまた今度ね♡　じゃあ折角だし、お互いを知るためにも紹介が必要ね。フリージア、頼めるかしらん？」

「では僭越ながら、女王より命を受けまして私が各列席者さまをご紹介致します……」

当然互いのことを紹介する流れか。

情報収集をメインとしている拓斗としてはうれしい状況だ。この調子で他の陣営もべらべらと自分たちの能力や内情を話してくれるとうれしいところだが……。

拓斗は目立たぬ程度の静かな動きで辺りを見回す。

いくつか席に座っている人物が見え、人がいない席にも小さなオブジェが用意されている。

一見して学生が美術の時間に作った粘土細工のようにも思えるが、その一つにダイスを模した意匠が施されていることを確認し目を細める。

（気になるところだけど、まぁアレについてはいずれ分かるか。他の席は……フォーンカヴンは予定どおり参加だね。他の暗黒大陸の中立国家が来なかったのは流石に相手が相手だからかな？　サザーランドは来るかなと思ったけど、ドワーフらしき人はいないし不参加か）

予想していたとおり、暗黒大陸領域、すなわち南部の大陸における中立国家の参加率は悪い。

（二つの小規模都市国家は仕方ないとしてもマイノグーラを除けば暗黒大陸一の国力を持つサザーランドが不参加だったのは意外だな。フォーンカヴンが参加したからには対抗して使者を送ってくると思ったのだけど……）

とは言えフォーンカヴンもペペが参加しておらず、杖持ちと思われる獣人が参加している辺り警戒はしているのだろうが……。

拓斗は一瞬でそれらを吟味し、次いで正統大陸――すなわち北部大陸の参加者に目を向ける。

（サキュバスの陣営はまず当然として、エルフも人を立てているのか。ただ聖女ではなさそうだ。あくまで名目上って感じかな？）

聖なる国家の最高戦力である聖女。それは無論エル＝ナー精霊契約連合にも存在している。

通常ならば自分たちの立場を示すためにも聖女を出してくると思ったのだが、サキュバスに支配されたエル＝ナーはおろかクオリアですら聖女を出してきていないのは少し不思議に思えた。

（エル＝ナーはサキュバスのヴァギアとエルフの代表らしき老人。そしてクオリアは……聖職者。結構位が高そうに見えるからあれが三人いる法王の一人かな？）

拓斗から視線を向けられていることに気付いたのか、クオリアの出席者である人物がびくりと怯えた表情を見せる。

見た目の仰々しさと金のかかり具合の割には肝っ玉は小さいようだ。

あまり刺激するのも悪いかと思い拓斗はわざとらしく視線を外すと、その意図について考える。

（クオリアも中立国家と同様にこの会議に慎重になっているということか？　あの国の最高戦力は聖女。残る聖女は二人で、流石にそのどちらかを連れ出すのは万が一があった時のリスクが高いと踏んだ可能性がある。まぁ僕らも影を出している

以上、裏を読まずに真面目に参加しているのは優だけと言えるのは皮肉だな）

北部大陸――正統大陸の参加者は少ない。二大国家を除けば暗黒大陸のように他の国家や種族は存在しない。大陸全土を招く全陣営会談とは名ばかりで、実際の参加人数は予想以上に少なかった。

（正統大陸が二陣営、そして暗黒大陸が三陣営……か。一応大物は全員参加してると言えるが、それよりも重要なことがある）

拓斗が様々な情報を吟味し、推察している間に各陣営の挨拶が進んでいく。

エルフが種族の代表として参加していることを表明し、予想どおりクオリアが三法王の一人であると述べる。フォーンカヴンが代理であることの謝罪と共にこの場が良き出会いになるようにと語る。

やがて最後の順番が回ってくる。

すなわち、拓斗だ。

「マイノグーラ国より、国王イラ＝タクトさま」

護衛のサキュバス――フリージアより紹介の言葉が述べられる。視線が一気に自分へと集まったのを確認した拓斗は、先ほどから何度も脳内で繰り返した名乗りを、ゆっくりと噛まないように行う。

「はじめまして。イラ＝タクトだ。一部では《破滅の王》と呼ばれている」

ごくりと、誰かが唾を呑んだ。

ただ簡潔に告げられたそれは一種の圧力となってこの場に満ちている。

クオリアの法王やエルフの代表者たちは苦々しい表情を見せているし、フォーンカヴンの代理や護衛サキュバスの二人もどこか緊張の面持ちがある。

拓斗としては何とも言えないこの空気感が嫌で、早く場を繋げて欲しかったが、誰も語らない。

その雰囲気が、拓斗の緊張感をどんどん高めていく。

（え？　もしかしてなんかまずった!?　いや、おかしいとこは何もないはずだけど……）

拓斗の鼓動が速くなってくる。顔面が羞恥で赤くなりそうだったが、各国の指導者層が集まるこの場で醜態を見せるのは流石にまずいと気合いを入れる。

誰か何か言ってくれ！

ほんの数秒が何時間にも感じられ、いよいよ拓斗が我慢できずに何か口走ろうとした瞬間だった。

「それだけ……かしら？　今日は折角皆の親交を深めるための会だというのに、一言もないなんて少しイケズじゃなくてん♡」

ヴァギアより声がかかる。いたたまれない空気感を切り裂いて会話を紡いでくれたことはありがたかったが、だが残念なことに拓斗はここでも選択をミスしてしまった。

「他に何を言えば？」

「――っ！」

端的に答え、その返答がまたヴァギアの神経を逆なでする。

流石の拓斗も相手が気分を害していることは分かっていた。先の言葉は本当に偽りない本心なのだ。

担当神やゲーム名は流石にこれだけ人数がいる以上迂闊には出せないし出す義理もない。

かと言って喧嘩腰に相手をなじる言葉を繋げるのもまた品がなく無意味だ。

何か気の利いたことを言えれば万々歳であったが、そもそも拓斗は根っからのコミュ障だ。

ここ最近ダークエルフや配下たちとの交流で一定の進歩を見せてはいたが、未だ彼のコミュニケーション能力は最下層を低空飛行している最中である。

ゆえに先の言葉はヴァギアへの懇願でもあった。

拓斗の意図としては緊張でうまく喋れないので

なんとか良い感じに場を繋げて欲しい。それだけだったのだが……。

その意図が毎回正しく伝わるとは限らない。

特に拓斗本人は気付いていないが、現在の彼は周りから底なしの闇として視認されている。

そこにあるだけで生あるものを畏怖させる破滅の王としての在り方が、ただひたすらに参加者を威圧するのも仕方なかった。

闇を打ち払う性質を持ち、生半可な威圧を意に介さない神宮寺優や、気心知れたダークエルフや配下の者たちと長く過ごしすぎていたため忘れていたが……。

依然としてイラ＝タクトという存在は世界に破滅をもたらす者なのである。

「そうね……貴方はそういう人ね」

（…………いまのは？　何か反応がおかしいな）

違和感に気づく。相手が感じている不快感にではない。

まるで相手が自分のことを最初から知っているかのように評した点についてだ。

少なくとも拓斗自身はヴァギアについて接触を持ったことはないし、この世界に来る前――あの病室だけの人生においても彼女のような人物にあったことはない。

ゲーム関連でオンライン交流した人物――という線も薄いだろう。

少し気になる事柄だったが、拓斗としても現状では判断がつかないために保留とする。

大切なのは無事自分の自己紹介が終わったことなのだから。

無論問題なく、ではない。無事に終わりさえすれば拓斗は良かった。

「以上をもちまして、この場に列席された皆さまの紹介を終わらせていただきます」

最後にフリージアが凛（りん）とした態度でお辞儀をし、また緊張感がひしめく空間へと戻る。

確かに列席者の紹介と挨拶は終わった。本来ならこの後にヴァギアなり護衛のサキュバスなりの司会でこの会談における議題が提起されるのであろう。

だがこの場にいる者たちは、まだ先ほどの紹介が終わっていないことをうっすらと感じ取っていた。

やがて自然と参加者の視線は空席の上に置かれた不可思議な像に向かって行く。

明らかに意図して置かれた、奇妙な石像――スタチューに。

「さて、この場にいる人たちは全員挨拶が終わったようね。けど～、みんな気になっているんじゃないかしら？　不参加の人につ・い・て♡　いや～ん！　安心して、ちゃんと説明するから、そうがっつかないの♡　エッチには作法が必要なの、鼻息荒いのは嫌われるわよ？」

なるほどなるほどと妙な納得をしている優を尻目に、拓斗はようやく本題が来たかと意識を集中する。

置かれたオブジェは三つ。

一つはダイスを模したオブジェ。拓斗の予想どおりこの場に居ないプレイヤーの存在を示すものだとすれば、これはテーブルトークＲＰＧのプレイヤー、繰腹慶次を表すものだ。

あの時撃破したが殺しきれていなかった。

正直その後のことがおざなりになった感じはあり、気にはなっていたがやはり生きてたらしかった。

おそらく恨みを買っていることは間違いない、互いの格付けは十分に行ったし安易な復讐には走らないと思うが、ＧＭの能力は強力ゆえに楽観視はできない。

次に粉々になったオブジェに視線を向ける。

粉々になる。すなわちそれは背後にいるプレイヤーが撃破された証とみることができる。その状況に合致してるのは神宮寺優が殺したプレイヤー鬼剛雅人。『七神王』のシステムを持ってこの世界にやってきた、最初の脱落者だ。

よくよく観察してみると粉々になった一部にカードのようなパーツが見える。鬼剛の分と見て間違いは無いだろう。

（となると最後の一つが問題か……）

そのオブジェは少々奇妙なデザインをしていた。

武器や盾、ネックレスなどのアイテムがごちゃごちゃに詰まった球体の形をしたそれは一見してどのようなゲームを表しているのか不明だ。

ただ剣や盾があることからファンタジー系で間違いないとは思うが、拓斗も変な固定観念が出来ても嫌なのでこの場での断定は保留する。

重要なのは、自分が一切知らない新たな勢力――未だ隠された最後のプレイヤーが存在してるという事実だ。

「ご存じのとおり、この世界にはプレイヤーと呼ばれる存在が沢山やってきているわ♡　皆もすでに気付いているんじゃない？　すんごい力を持った人たちが一杯いるって♡　この場はそのプレイヤーという存在を世界に知らしめると共に、プレイヤーたちが顔見せをする場でもあったのよ。もっとも、一部は参加してくれなかったみたいだけどねっ♡」

その言葉でクオリアとフォーンカヴンの方から息を呑む音が聞こえてくる。

彼らにとっては青天の霹靂だろう。クオリアはエラキノやマイノグーラに散々苦汁をなめさせられている。

フォーンカヴンもマイノグーラと同盟関係になれたものの、魔王軍の脅威は未だ強く記憶に残っているし、何より同盟国のマイノグーラが持つ常軌を逸した強大な力を目の当たりにしている。

そのようなもはや神の所業に等しい存在が、自分たちが知る以上にこの世界にうごめいている。

その事実が彼らを驚愕と絶望に誘うのは当然の結果と言えた。

だがしかし、すでに彼ら自身理解しているように、この場における主役たちはもはや彼らでは無かった。

プレイヤー。その存在がこの場に集結し何らかの取り決めを行おうとしている。

会談に参加しているものの、はなから貴様らの存在は添え物であると言われているに等しかった。

事実なにか言おうと口を開きかけたクオリア法王を無視するかのように、ヴァギアは説明を続ける。明確に、この場にいるプレイヤーに向けて。

「この小さな石像は不参加を表明したり、この場にこられなかったりした人たちのものなの♡　私としては～直接会ってお知り合いになりたかったけど♡　どうしても忙しいって言われちゃったから、その代わりにこれを用意したわけ♡」

（そんな裏ルールがあったんだったらはじめから教えてくれよ……。いや、ごねられた場合の妥協案として用意していたのか？　だとしたら納得も行くが……そもそもあれはどういう仕組みで動いているんだろう？）

ヴァギアとしてはこの会議に並々ならぬ熱意を注いでいるらしい。

少なくともプレイヤーが全員参加することは必須だったのだろう。それは参加していない中立国家に対して何の補助もされていないことから明らかだ。

「ということは、そこにある変な置物で音声が繋がってるってことか？　俺たちの会話も聞こえてるってこと？」

「ザッツライト！　今まで私たちがおこなってきた秘密のお話も、ぜ～んぶ筒抜け♡　最高級の盗聴器具並みの鮮明さで、向こうに聞こえちゃっているわ♡」

ふーん。と、それだけつぶやいて優は黙った。

順番的には次はこの場に居ない参加者が名乗る番だ。にもかかわらず押し黙っているのが気に入らないのだろう。

　一つは粉々に砕けてすでにこの世にいないとしても、ヴァギアの言葉を信じるのなら少なくとも二つは機能しているはずだ。

　だが何の反応もないのは何か理由があるのか。

（うーん……少しジャブを放ってみるか。あんまりこういうのは得意じゃないんだけど、まぁそうも言ってられない）

「では紹介を頼めるかな？　彼らだけ無視して話を進めるのは、あまりにも可哀想だ」

　最低限名前だけでも聞いておきたい。繰腹はともかく初見のスタチューに関しては未知のプレイヤーなのだ。

　先ほどと同じようにヴァギアの配下が紹介を買って出てくれれば幸いと思ったのだが……。

「というわけらしいけど、どうかしら？」

　どうやらその目論見はうまくいかないらしい。

　拓斗の予想とは裏腹にヴァギアがこの場に居ない参加者に水を向ける。

　返ってくるのは沈黙のみ。どうやらスタチュー組は自ら名乗るつもりはない様子だ。

　危険を顧みてこの場にやってきた優や拓斗と違い、ずいぶんと臆病なことだ……。

　拓斗はそう内心で呆れつつも、その判断もまた間違ってはいないと考える。

　臆病さは時として得がたい才能となるのだから。

（とは言え、こちらとしてはわざわざここまで骨を折った分、一方的に情報を与えるだけは避けたい）

　彼らとは違い拓斗の目標はできる限り情報を収集することだ。特にプレイヤーの情報の優先度は極めて高い。であれば多少のリスクは許容できるだろう。

　そう判断した拓斗は、憮然とした態度で腕を組む優の代わりに口火を切った。

「沈黙か……。けどダイスの置物があるってことはおおよその推察はできる。久しぶりだね繰腹くん。キミもこの全陣営会談に来ていたんだ。今はどこにいるの？　ちゃんとご飯食べてる？　二人の聖女は元気かな？　どうか声を聞かせてよ」

『……っ！』

「だんまりとはあんまりじゃないか繰腹くん」

反応があった。

拓斗は内心でほくそ笑む。わずかな声だったが相手が萎縮する声が伝わってきたのだ。

何も言わないところを見るとこの会談に対して警戒心を抱いているのは間違いない。加えて拓斗が話しかけた時の反応から自分に対して忌避感を覚えていることも分かった。

（繰腹くんの能力は正直怖いから、向こうがこちらに対してビビっていると分かったのは幸いだった。これは後々利用できるかもね……）


拓斗の判断のとおり、繰腹慶次というプレイヤーはイラ＝タクトに対して強い苦手意識を抱いている。それは怯えと言っても良いだろう。

かつての戦いで彼の心は完全に折れていたのだ。

もっとも、拓斗側も薄氷を踏むごとき勝利であったため、繰腹に対してある種の苦手意識を感じているのだが……。

『――っ！　――!!』

「……？」

ダイスのスタチューから何か言い争うような気配が伝わってくる。

もしかして繰腹以外の誰かがいるのだろうか？

予想される人物は聖女の二人だ。彼女たちの行方も不明のため、一緒にどこかで潜伏していると見るのが自然だろう。

（少し気になるけど、今は保留か。どうやら繰腹くんは何かを言うつもりは無いらしいし、今は会談に集中することが先決だな）

そう判断し気持ちを切り替えると、タイミング良く声がかけられた。

「……誰？」

憮然とした態度だったが、優が先程のやりとりについて説明を求めてきたのだ。

そういえば優が鬼剛を倒したエピソードは聞いたが、こちらがテーブルトークRPG勢力を倒した話は詳しくしていなかったなと拓斗は思い出し、説明をしてやる。

といってもこの場で全てを語るのは少々よろしくないので重要な部分だけだが……。

「テーブルトークRPGのプレイヤーだ。魔女は殺したが本人には逃げられている」

「あー、確かアトゥちゃんを寝取られたんだっけか？　本人殺せなかったのはまずいよな！」

「寝取られてはいないよ。不愉快だから正しい言葉を使って」

思わずぶち切れそうになる拓斗だったが、ここで怒りをあらわにしては背後に侍るアトゥの皮を被ったヴィットーリオが喜ぶこと間違い無しなので怒りを静める。

もし自分にストレス耐性というステータスがあったら、間違いなくこの場でレベルアップしていただろうなと考えながら……。

「あーっ！　悪い、マジで悪い！　笑って許してくれよなー、ははは！　ところで、繰腹くんとやらは分かったけど、もう一つの方。ちゃんと向こうに人がいるのか？　なんか返事ないけど不具合じゃねぇの？」

「繰腹くんはシャイだから仕方ないとして、その点は僕も気になるかな」

ふん、と優が鼻で笑った。背後のアイは何も言わない。

彼にしては対応がとげとげしいところを見ると、こういうどこかに籠もって顔を出さずに動くタイプの人間が嫌いらしい。

（僕と戦った時ですら徹頭徹尾隠れていた繰腹くんとは相性最悪だろうな）

幸い二人が会う予定は今のところ無いが、万が一繰腹とまたぶつかることになれば優を矢面に立たそうと拓斗は思った。

「そっちもダンマリってことでいいか？」

もう一人に、優の鋭い指摘が投げつけられる。

言葉に苛立ちが籠もっている。一触即発とは言わないもののあまり良い雰囲気とは言えない。

チラリと見たヴァギアはその様子を楽しそうに眺めている。介入したり場を取り持ったりする気は無いらしい。

やがて、と言おうか、少しだけ間を置いて意外なことに返答があった。

『聞こえている。……が、ことさら自分の情報を伝えるつもりはないのでね。すまないがご了承願うよ』

「へぇへぇそうですか……」

声音は成人男性のそれ、自分たちよりは確実に上だが、といっても父親やおじさんといったレベルではない。

二十代……もしくは三十代前半。

ボイスチェンジャーや偽装系の能力でも使っていない限り、おおよそ間違っていないだろう。

かなり警戒しているようだ。これでは一方的に情報を渡しただけとなってしまう。もう少し何かでてこないかと拓斗は難癖を付けてみる。

「せめて名前だけでも教えて欲しいんだけど？名無しの彼とは呼べないだろう？」

「そうねぇん、ではH氏ということにしておこうかしら？　私もそう呼んでいるわん♡」

最後のプレイヤー……彼の代わりにヴァギアが答えた。

あまり良くない流れだ。

拓斗は瞬時にこのH氏とやらがどのような立場の人物かを推察する。

（同盟者であることから詳細は出さないだろうとは思ったが、そこまで隠すか。自分が矢面に立ってまで秘匿を優先するとはずいぶんと仲がいい）

自分で宣言するのならばまだしも、ヴァギアから。加えて名乗りの際も徹底的な情報の秘匿。

それはすなわちサキュバス陣営がこのＨ氏と呼ばれる謎のプレイヤーを切り札として温存している可能性を強く示唆している。

少なくとも、相手は自分同様この場で全てをさらけ出して仲良く会談をするつもりではないことがよく分かった。

当初の考えとは違い、敵の罠の可能性がより高まったことを拓斗は理解する。

（とは言えまだ会談は始まったばかり、ここは様子見に徹するか。自分から何かを言うのも柄じゃないしね）

無論必要とあらば発言することは厭わないが、それはそれである。

現状拓斗の方針としては事の成り行きを見守る方向だった。

「まっ、後は会談を通じて親睦を深めましょ♡　どれだけ仲良くなっても、私としては大歓迎だもの♡」

さて、その言葉で会談はフリーハンドとなった。

誰が最初に発言するのやら。

見（ケン）に徹するつもりでいる拓斗としては高みの見物といったところであったが、予想どおりこの状況に一種の苛立ちを感じていたであろう人物が口火を切った。

「それはお前らの目的を聞いてからだな。今回の会談の主題はなんなんだ？　俺たちが仲良しこよしなんてのはちょっと納得できないんだけど。少なくともお前とは無理」

神宮寺優。ＲＰＧのプレイヤーである彼は自らが感じているであろう不愉快さを隠そうともせず、喧嘩腰にヴァギアに突っかかる。

直情的な彼の性格を鑑みると当然の反応だが、ヴァギアはその棘のある言葉も意に介さない。

「ふふふ、そう意地悪言わないで？　最初から言っているとおり私の目的は恒久的な平和。そして新たな秩序の構築よん♡」

「平和ねぇ。無理じゃねぇ？　今まで世界から戦争がなくなったことってあったっけ？　いや、俺たちの世界での話だけど」

（無いね）

拓斗は内心で静かに優の疑問に答えてみせた。

彼の言うとおり有史以来世界から争いが無くなったことはない。

大なり小なり、人は集まれば争うものなのだ。この場においては現実が見えているのは優の方とも言える。

魔女ヴァギアの語るそれはあまりにも理想論で、あまりにも早計だ。

少なくとも、言葉どおりに捉えるのは危険だろう。

「けどこのままじゃより多くの人々が犠牲になるわ♡　それについてはどう考えているのかしら？　少なくともその責任の一端はあると考えなくて？　魔王軍がやったこと、知らないわけじゃないのよ？」

「はっ！　俺の部下でもなんでもない魔王軍のやらかしをどうこういわれてもな。もしかして、俺が言って聞かせればおとなしくハイハイ言う奴らだとでも思ってるのか？」

「少なくとも、貴方が決断しなければまた同じ悲劇が繰り返されるとは思わなくて？　放置は義務からの逃げとも取れるわ♡」

「それ俺の責任か？　ってかお前らだってエルフの国をぶっ壊してるだろ？　俺と違って自分たちから攻め込んだくせにしたり顔で秩序だなんてむしがよすぎねぇか？」

「その点については致し方ないものだったと言わ

せて貰うわ♡　ただ犠牲は出てないわよ？　私たちの能力を使えば、犠牲を出さずに国家を支配することなんて簡単なことだもの……♡」

言葉の応酬が続く。

拓斗に言わせればどっちもどっちだ。無論拓斗を含めて……だが。

それぞれがすでに何らかの犠牲を他者に強いており、それぞれがその上で現在の自分を成り立たせている。

そのこと自体は拓斗は非難するべきことではないと感じている。

あらゆる生命は自己を生存させるために何らかの犠牲を他者に強いる。

毎日の食事の材料だって、かつてはその生を謳歌していた生物なのだ。

ゆえにヴァギアの言葉はあまりにも奇妙に感じられる。

拓斗は内心で優に盛大なエールを送りつつ、もっと情報を引き出してくれと、一番美味しいところだけを得る算段を企てる。

「とにかく、俺はお前たちのことが気にくわねぇ。それに平和だの新秩序だの、そんなもんがうまくいくと本当に思ってるのか？」

「その決定権を、ここにいる人たちは持っていると私は信じているわ♡」

「平行線だなこりゃ」

両手を上げて降参のポーズを取る優を横目に、拓斗はヴァギアの言葉を少しだけ検討してみる。

確かにこの場にいる者たちは皆強力な能力を有している。

ゲームのシステムに加え、配下のＮＰＣまで存在しているとなれば、この世界に元々存在していた国家では太刀打ち出来ないであろう。

事実エル＝ナーは支配され、クオリアは青色吐息だ。

だが果たしてプレイヤー全員の同意がとれれば

平和が実現するのか？　どうにもうさんくささが拭えなかった。

「人は理解し合うことができる♡　どれだけ苦しくてツライ傷を心に持っていても、互いに支え合うことができる♡　そう――エッチがあればね！」

「一瞬同意しそうになった自分が嫌だ……」

「むぅ、ご主人さま！」

（やけに平和にこだわるな。それがどのような意図を持つかはさておき、平和という単語がヴァギアの精神性を構成する何かなのか？）

軽妙なやりとりにも気を抜かず、拓斗はヴァギアを観察する。

その語り口や優とのやりとりを見るに、何らかの裏があるのは間違いない。

だが同時になんらかの焦りがあるようにも見えた。

例えば本当に平和を求めるのであれば、ここは顔見せと交流だけにとどめて最低限不可侵などの条約を結べば良い。

その後時間をかけて交流を重ね、友好関係を改善した後に改めて巨大な秩序を構築すれば良いだけの話だ。

にもかかわらずいきなり平和だの秩序だの、あまりにも性急に過ぎる。

一体何が……。

ふと、拓斗の中で嫌な予感が沸き起こってくる。

もしかして……と考え、優のサポートをする意味も含め、ようやくここに来て拓斗は自らの意見を述べることにした。

「平和を求める心は大切だね。しかし彼――神宮寺優の言うこともまた道理だ。よしんばこの場にいる全員が君に共感しようとも、他の者がその方針に賛同してくれるとは限らないよ。特に僕らにはスポンサーがいる」

「そうだなー。少なくともうちの神は文句いいそうだぜ」

拓斗が気になったのは神の存在。

優はこのゲームの目的が過程にあり、勝利ではないと断言した。

だが同時に何を目的にしているかは不明であるとも言った。

過程が重要であるならば、よりドラマティックな展開が好まれる。

神々は勝利を求めないものの、争いや死をこそ求めているのでは？

だからこそ、ヴァギアはことさらに平和を求めていた。そのように考えたのだ。

「全てが納得する形での新しい秩序といったものは、本当に可能なのかい？　全てが納得する形の、だよ」

そしてその答えは、当たらずとも遠からずといった形でヴァギアの口から語られる。

「端的に言えば――このゲームの終了を求めるわ」

緊張が走る。

その言葉の意図するところを、プレイヤーだけが正確に認識できていた。

この状況が神々による何らかの意図によって引き起こされていることはすでに理解するところにある。

だが果たしてそのようなことが可能なのだろうか？　それに……。

「ちょっと待てよ、具体的にどうやって？　そこが重要だぞ」

この疑問は優もまた同じだったのだろう。

彼がすぐさま質問を投げかける。拓斗としてもそこは聞いておきたいところだ。

無論、相手側もすでにその答えは用意しているだろうが……。

「ゲームの終了♡　少しややこしいけどそれ自体は不可能じゃ無いわ。簡単に言えば、勝者を決めずに全員が降参すればいいのよ♡」

「サレンダー……ゲーム自体を破綻させるつもりか」

『Eternal Nations』でもそのようなシステムは存在している。ゲーム上では降参は自身の敗北を意味するのだが、これを例えば参加者全員が同時に行えばどうなるか。

いわゆるゲームそのものの拒絶に関しては拓斗としても知見は無いに等しい。

言葉だけでは信用はできない。だが興味深い話でもあった。

拓斗は改めてヴァギアに視線を向けると、軽く顎をしゃくってみせる。

続きを言えの合図だ。

すなわち、神々を納得させるだけの根拠を言ってみせろの意である。

「ゲームの終了はプレイヤーがそれを望めば可能よ♡　この世界は神々によって運営されているとは言え、一定のルールが存在する。それは管理神である《盤上の神》によって定義された共通遵守事項♡　――ゆえに、それぞれの神はあまりおっぴらに世界に介入することはできないの♡」

（逆におおっぴらでなければ介入できる、と）

どこまでが神の介入で、どこまでが違うのか、今まで起きていた拓斗を取り巻く環境の全てについて検証することは不可能だが、ある程度の説得力はある。

本当に神の介入が野放図に行えるのなら、現状はもっと混沌としたものになっているだろう。

加えて神々が勝利ではなく過程を重視しているのであれば、余計に大規模な介入は避けるはずだ。

「そしてプレイヤーの決断を尊重することはこの盤上遊戯において最も重要視されることの一つ。本心から皆が願えば、神は首を縦に振らざるを得ないの♡」

神宮寺優がかつて語った言葉を拓斗は再度頭の中で反芻する。

神々がいわゆるエンジョイ勢であるということはかなり確度の高い情報となった。

おそらくはそれぞれのプレイヤーという駒を用いて、どのように世界で踊るかを観察しているのであろう。

であればゲーム放棄で仲良しこよしの平和の終わりというのもまた許容されるはずだ。

面白みや興奮は少ないかもしれないが、娯楽として見た場合はそういう場合もあるかと納得できる程度のものだから……。

「別にゲームを中断したからといって死ぬとか消えるとか、そういうアレコレはないわ♡　なんなら自分の担当神に聞いてもいいんじゃないかしら？　頻度の差はあれど、皆神様とは話したことがあるんでしょ？」

優が頷いているので慌てて拓斗も頷く。

内心バレやしないかと少々冷や汗をかいたが、特に問題ないようだった。

しかしながら別の、それも重要な問題がある。

（担当神と話したことないんだよなぁ……）

ここで拓斗が一番遅れを取っている問題点が効いてくる。

もし自分の担当神との交流が出来ているのであれば話を聞けば一発で解決する問題だ。

ここは話を持ち帰って検討する。でも大丈夫だろう。

だがあいにく彼の担当神は一向に連絡をとってこない。もしかしたら自分と一緒でコミュ障なのだろうか？　などといった少々場違いなことを考えながら、拓斗は疑問を素直にぶつける。

「ゲームを終了させたからと言って、平和が構築されるとは限らないのでは？」

「そこを突かれると声がでちゃうわん♡　けど感

じているかしら？　盤上遊戯が続く限り、運命は私たちが争う方向に全てを仕向ける♡」

なるほど……と、その言葉で全てを理解する。

「勇者ちゃんもイラ＝タクトちゃんも、覚えがあるのではなくて？」

この世界に来てからヤケにトラブルが頻発すると思っていたが、そういう絡繰りがあったのなら納得できる。

当初の予定ではマイノグーラはその存在を一切知られることなく内政で国力を高めていく予定だった。

大呪界というおあつらえ向きに用意された最高の環境で、誰に見つかるでもなく……。

にもかかわらずまるで引きずり出されるかのように様々なイベントや敵と遭遇し、現状こんなところで世界の命運をかけた会談に臨んでいる。

偶然も重なれば必然とはよく言うが、まさに必然の出来事が身の回りに起きていたらしい。

（つまり魔王軍の件もテーブルトークRPG勢との戦いも、全て仕組まれていたということか？　いや……口ぶりからするとぶつかり合う可能性が高まるといった話か。確率変動、神と名乗るだけあってスケールが大きいな……）

よくよく考えればこの世界にやってきたプレイヤーは必ずなんらかの戦いに巻き込まれている。

拓斗はもちろんのこと、勇者である優もトレーディングカードのプレイヤーとぶつかっているし、テーブルトークRPGの繰腹もクオリアやマイノグーラとぶつかっている。

サキュバスたちはエルフの国家で侵略行為。

唯一最後のプレイヤーがどのような経緯でここにいるかだけは不明だが、現状拓斗が知る限りプレイヤーという存在は必ず戦いを経験していた。

ヴァギアの言うとおり、運命に導かれるかの如く……。

そしてその戦いの運命は、自らが望めば消し去ることができると、目の前の魔女はそう言うのだ。

「だから、この提案は決して理想論や夢物語でも無いの。提案に乗ってくれれば、大きな変化が私たちに起こる。それは確定された未来よ♡」

　ゲームの一斉放棄、それによる戦いの運命の停止。そして平和と新秩序の構築。

　一定の納得ができる話だ。ここに神のお墨付きがあれば最高だったが、残念ながらその点は諦めるしか無い。

　無論、優を通じて彼の担当神に確認するという手もあるが、信頼性がぐっと落ちるので考慮に値しない。

　ともかく、ここに魔女ヴァギアが広げた和平の全体像が明らかにされた。

　なるほどこれなら全陣営会談を開催するのも納得がいく。

　ここで全プレイヤーの合意がとれればその時点で全てが終わるのだから。


「置いてけぼりにされちゃった皆も、この提案は渡りに船だと思うわ♡　これ以上無益な争いが起こる可能性がぐっと減るもの、少なくとも、私や同盟者のH氏はそれを望んでいないしねん♡」

　すでに遥か彼方へと置いてけぼりにされていた国家の面々に申し訳程度に話が向く。

　彼らにとっては全く理解しがたい話のようで、その表情から見えるのはひたすらに困惑だけだ。

　だがその中でも最も重要な部分は理解できているのだろう。

　すなわちここでの合意が取れるか否かによって、今後世界の行く末が大きく変わるということを……。

　そしてその命運を分ける重要な要素が一人、ここにいる。

「貴方はどう考えているの？　マイノグーラ王、イラ＝タクトちゃん♡」

「僕……か」

「そ。貴方の目的は何かしら？　平和は魅力的じゃなくて？　ここはゲームの世界じゃ無くて現実よ♡　いくら神やゲームの加護があろうとも、死んだらソレでおしまい♡　あの世があるかどうかは知らないけど、少なくとも敗者にそれは用意されていないわ♡」


この会談が始まって以来の何度目かになる注目。

確かにこの流れで意見を聞くとしたら拓斗以外にいないだろう。

勇者ユウを含め、他のプレイヤーは説得次第でどうとでもなりそうな雰囲気がある。

むしろＨ氏はそもそもヴァギアの同盟者のため、おそらく彼女の意思は尊重するであろう。

唯一の不安要素、ヴァギアにとってのキーパーソンはまさしくイラ＝タクトだ。

だが……彼女の不安は的中する。

（もっと早い段階ならあるいは……だったけど）

拓斗とて死にたくはない。折角健康的な身体で新たな世界に来たわけだ、平和が保証されるのであればひたすらアトゥと一緒にマイノグーラを盛り上げる道もあっただろう。

だがその道はすでに失われている。

ここで考えを変えるほど拓斗は愚かではないし、ここで揺らぐほど拓斗は弱くは無かった。

「そういえば王さまの目的って聞いてなかったな。なんか俺と一緒だから結構平和よりだったりするのか？」

「平和を求める心は、間違いないよ」

「おー、そうなんだな！　破滅の王って言うから、なんか恐ろしいことでも考えてるのかと思ったぜ」

「そんなことを考えたら勇者に討伐されてしまうからね」

ありきたりな言葉でもって誤魔化す。

優に言った言葉は間違いない。だがすでに優先順位が変わっただけのことだ。

そして新たに一番となった事柄は、今後何をもってしても変わることは無いだろう。

「じゃあ受け入れてくれるかしら？」

「断る」

だから、間髪いれず答えた。

ただの一言。明確な拒絶を。

下手に言葉を弄するよりも、このように端的に伝えた方がこちらの考えが伝わることもある。

ヴァギアの歪んだ表情を見る限り、それも正解だったようだ。

「なぜと、聞いても？」

「理由は特にないよ。強いて言うのであれば僕が破滅の王で邪悪なる存在だからかな？　ちょっと世界を滅ぼすことに興味がわいちゃってね」

拒絶の結果は無論敵対であろう。ならば余計な情報を相手に与えてやる必要も無い。

すでにこの会談において得がたい情報をいくつも手に入れた。

余計な言い訳をして、こちらの弱み等を晒す必要も無いだろう。

チラリと視線を横に向ける。

視線の先にいる優は、どちらとも言えない表情を見せている。

当初から分かっていたことだが、彼もこの提案に否定的な立場だった。

拓斗の宣戦布告とも取れる言葉に文句を言わずに黙って聞いているところを見ると、大筋で方向性は一緒らしい。

（勇者の勘もバカに出来ないしね。それに結局のところ、胡散臭いというのも理由にある）

うまい話を持ってきてあれこれ理由をつけて早急に判断を迫る輩は大抵詐欺師だ。

拓斗とてその程度のことはよく分かっている。

どちらにせよ……《次元上昇勝利（アセンションヴィクトリー）》やイスラのことが無くても、拓斗がこの話に乗ることは無かっただろう。

「どうしても曲げられないかしらん？　こちらで出せるものはある程度妥協するわよ？」

「では君たちが全員敗北し、僕の傘下に下るというのはどうだろう？　大丈夫、我が国は身内には優しいからね」

「それは……出来かねるわね」

ほら来た、と拓斗は内心鼻で笑う。

ゲームの終了が目的であれば、結論誰が勝者でも問題ないのだ。

全員が降参しゲームが終了しても、誰か一人が勝者となりゲームが終了しても、それは同じことである。

この場における問題は、すなわち血が流れないこと。

誰が勝とうが負けようが、血が流れなければそれは平和なのである。

しかしながらヴァギアはその提案を拒否した。

どうしても全員の降参によってゲームを終了させる必要があるか、もしくはイラ＝タクトという人物を信用してないかのどちらかだ。

どちらにせよ、すでに敵対の意志を固めた拓斗にとって意味のないことである
「流石にマイノグーラに下るのは厳しいかい？　じゃあこれはどうだろう？　信頼の証としてＨ氏の名前とゲームを教えて貰えば考えなくもない」

『それはできない話です』

いきなりスタチューから言葉が発せられる。

突然の言葉に一瞬虚を衝かれた拓斗だったが、それがＨ氏のものであると分かると思わず笑いがもれる。

「ぷっ、ははは！」

『……一体何がおかしいのですか？』

「いや、ごめんごめん。いきなり会話に入ってきたからびっくりしたんだよ。えっと……Ｈ氏だっけ？　不愉快にさせてしまったら謝るね」

言葉から分かる情報は少ない。相手の顔を見て

表情をうかがい知ることで言葉の意味が変化することは容易にあり得るからだ。

だとしても、先の言葉を聞いただけで拓斗にはH氏がどれほどまで怒りを抱いているか容易に想像できた。

「この場に来ない腰抜けには言っていない。僕は魔女ヴァギアに提案している」

ならばとばかりに煽りを一つ。

怒りは荒さに繋がり、荒さはミスに繋がる。

そしてミスは動揺を生み、動揺とミスは死に繋がる。

敵対を決定した以上、拓斗は相手側を煽りに煽って何か面白いものは出てこないかと揺さぶりをかけていた。

——イラ=タクトというプレイヤーは、自らの配下ヴィットーリオに対してよくよく人をおちょくる困った人物だと評する。

だが果たして彼にそのことを指摘する権利があるだろうか？　今の彼は、まさしく《舌禍の英雄ヴィットーリオ》の主であると言わんばかりに相手の神経を逆なでしているのだから。

「どうかな？　君がここでH氏の名前とゲーム名を教えてくれたら、僕は喜んでその提案を呑もう。平和のためにゲームを降参し、以後は相互理解を深める——実に素晴らしい提案じゃないか。僕は感動したよ」

パンパンと手を叩く仕草が怪しさを増長させる。

誰が見ても本心ではないと分かるが、唯一その言葉を真正面から受け止めた優が文句の声を上げた。

「おいおいタクト王！　俺はそれでも納得しねぇぞ！」

「まぁ今は少し黙っておいてくれ優」

これで黙ってくれるのだから実にやりやすいなと拓斗は思った。

彼の拓斗との協力関係に関する想いは、どうやら拓斗が考えている以上に厚いらしい。

頭脳面は苦手だから全部任すと言っていたので、そのとおりに行動しているのかもしれないが……。

拓斗は追撃を行う。相手の出方を探り、その腹に抱えたこちらを貶めんとする思惑を引きずり出すために。

「魔女ヴァギア。どうやら君は先ほどから僕を危険視しているようだ。何がその判断の根拠となっているのか興味は尽きないが、どうか僕を信じて欲しい。僕は信頼に値する」

相手の目をまっすぐみて告げる。

先ほどから念話でヴィットーリオの喜び騒ぐ声がうるさくて仕方がないが、拓斗はそれを無言でスルーしながら集中する。

やる時は徹底的に、それが拓斗のモットーだった。

「それは頷けない提案だわ。魅力的だけどね♡」

「おや？　どうして？」

まるで心外だとばかりに大げさに驚いてみせる。

まぁそう答えるだろうなと思っていたし、拓斗が向こう側ならそう答えていただろう。

だがあえておどけて見せた。

お前が言っている平和への誘いとは、これほどまで滑稽で信頼ならぬものなのだぞと言わんばかりに。

そして……ヴァギア側からもついに明確な拒絶の言葉が出ることとなる。

「だって貴方、もう私たちのこと皆殺しにするって決めちゃったでしょ？」

「……さぁ？」

そこまでは決めてはいないが、その必要性はあると考えていた。サキュバスという存在に信頼を寄せていない上に、このヴァギアという人物はどうにも厄介極まる。

このタイプは策を練る。繰腹のように素人が場当たり的な判断で行うものではない。

じっくりと、油断なく。獲物を飲み込むその瞬間まで牙を隠して。

　その香りを感じ取ったからこそ、拓斗はサキュバスたち——ADV陣営を排除することに決めたのだ。

「どちらにせよ、腹に一物抱えた状態でできる話ではないね」

「私は逸物は大好きだけどねん♡」

「そういう態度が信用ならないと言っているんだ」

　当初の予想どおり、会談は破綻した。

　後は無事帰れるかどうかの話であり、こちらもまた当初の予想どおり無事にとは行かぬだろう。

　あちら側も全ての提案が無駄に終わったことをようやく受け入れたのか、大きな大きなため息を吐くと、その豊満な胸をぶるんと揺らし拓斗を真剣な表情で見つめる。

「けど私は貴方を理解したいと思っているわ。これは嘘偽りの無い本心よ」

「話し合えば分かる。という考えは一見すると美しく思えるが、その本質は傲慢でしか無いんだよ魔女ヴァギア」

「残念ね……」

　言葉の応酬はこれにて終幕。後はそう、拓斗の予想どおりであれば相手が次の手を打つといったところだろう。

　出来れば外れて欲しかったが、ここまで来てそれは無いということもよく理解している。

　拓斗は気持ちを一つ切り替え、いつでも対応できる準備を始める。

「でも、この話を聞いたらその考えを改めてくれると思うわ♡　そう——イラ＝タクトちゃんがウンと言わざるを得ないサプライズを、私は用意しちゃってるの♡」

「それは興味深いね、是非聞かせてくれ」

　ほら来た。と内心で拓斗は安堵した。

　もし万が一相手が完全に善意で今回の和平を持

ちかけていたら流石に後味が悪かったからだ。

だがどうやらその可能性は無かったらしく、拓斗のにらんでいたとおり相手はこちらを貶めるための策を用意していたらしい。

拓斗は視線で優に合図し、背後のヴィットーリオに念話で指示を出す。

魔女ヴァギアはサキュバスだ。

である限り、すでに確認したサキュバスの本能――拡大を抑えさせることは困難を極めるだろう……。

何より、古来サキュバスとは男を誑かし貶めることを最も得意とするのだから。

「我々エル＝ナー精霊契約連合はこのたび聖王国クオリア、およびプレイヤーＨ氏と永久同盟を結ぶわ♡　そしてこの魔女ヴァギアが同盟主となり、ここに新たな秩序、『正統大陸連盟』の設立を宣言しまっす♡」

（Ｈ氏やエルフは当然として、おまけにクオリアもグルか……）

クオリアの法王が苦々しい態度を見せていることから、全体の同意がとれているわけではないらしいが、国として承認が下りているのは間違いない。

全世界のパワーバランスがこの瞬間に確定したと言えよう。

実にいやらしく、実に堅実なやり方だと拓斗はどこか場違いな感想を抱く。

相手の手段を全て奪い、こちらの有利に進める。

これがテストであれば百点をあげたいところだ。

無論その相手が拓斗たちでなければという前提がつくが……。

「その上で、私は盟主としてこの大陸の全ての国家に新たな秩序と平和を受け入れることを提案するわん♡」

勝ち誇ったように宣言するヴァギア。

拓斗はその宣言を聞き、ただただ無表情に彼女を見つめ返すのであった。

SYSTEM MESSAGE

同盟が締結されました。

【正統大陸連盟】盟主：貞淑の魔女ヴァギア
参加陣営：
ＡＤＶ陣営／Ｈ氏陣営／聖王国クオリア
／エル＝ナー精霊契約連合

同盟関係が解消されるまで、同盟国家間での戦闘行為は禁止となります。また他国への宣戦布告は同盟国全体となり、その決定は盟主のみが行えます。

OK

第九話　決裂

大胆不敵な発表だ。それはもはや宣戦布告と受け取っても間違いないだろう。

　事実相手側の有利は絶対的なものとなっている。わずかながらこの可能性もあるかと予想していた拓斗ではあったが、まさかここで最悪のパターンを引くとは少々驚きだった。

（『Eternal Nations』で言うなら同盟制覇勝利ってところか？　こんなことなら会談を無視すればよかった……いや、不参加だろうがこの同盟は締結されていただろうから、このタイミングで知れただけよかったと考えるか）

「ど、どうするよ王さま！　なんか正統大陸で同盟とか言ってるぜ!?　こ、こんなの予想してなかったぜ！」

「動揺している時にあまり喋るのは良くないよ。とりあえず黙っておいて」

「お、おう！」

　優もこの状況は青天の霹靂だったらしく、アイと仲良く動揺している。

　彼に関しては放置で良い。それよりも行うべきことは山ほどあった。

　この状況、この宣言、すでにぶつかりあうことは必定。であれば少しでも情報を持ち帰るか、相手に痛手を負わせるか……。

　折角ここまで来たのだから何らかのお土産は欲しいと拓斗は考える。

　この状況においてなお、拓斗は未だ余裕の態度を崩していなかった。

「しかし正統大陸連盟とは思い切った決断をしたものだね。確かに戦力差を考えると少し気後れするけど、よくもまぁクオリアと同盟関係を構築できたものだ」

「脅威は憎しみあう関係のものですらがっちりずっぽりと合体させることができるわん♡　どこかの誰かさんがレネア神光国の土地に色目を使わなきゃ、ここまでやりやすくもなかったけどねん♡」

「なるほど、欲をかきすぎたということか。しかしながら、キミたちの性質を考えるのであれば、いずれ全てを呑み込むことは避けられない。クオリアの皆さんやこの場に参加していないH氏とやらは本当の意味で同意しているのかな？　彼女たちの言う平和を額面どおりに信じるのはあまりに愚か、サキュバスは手強い相手だよ」

「離間工作は無駄よ♡　私たちは初夜を迎えた男女のごとく強く結ばれているの♡　すなわち、互いにある程度の妥協点を見いだしてこの同盟を構築したってことと♡」

（手強い……か）

どうやら言の葉で相手の不信を煽る策は失敗に終わったようだ。

無論拓斗としてもはなから効くとは思ってもいない。相手の態度には様々な情報が含まれる。出方を見て、相手が内に秘める事柄を見極めようとしたにすぎないのだ。

もっともそれで知れた事実は拓斗が抱く嫌な予感を体現するかのように、この計画が綿密にそして長い時間をかけて準備されたという事実のみだ。

「一昼夜でできあがったわけじゃないのよん♡私たちの貪欲さに付け入る隙があると思われるのは、心外ね♡」

（サキュバスはこの世界に来てからそう日にちは経っていない。少なくとも活動を開始したのはごく最近だ。にもかかわらずここまで見事な同盟関係を構築できるか？　エルフ国家の同化政策もそうだけど、あまりにも行動が鮮やかだ）

疑念はいくつも湧いてくる。

だがこの場で解消されることはないだろう。拓斗は相手が持つゲームのシステムを全て理解したわけではない。

何らかの能力を用いてこの同盟を作り上げた可能性もあるし、場合によっては本人が持つ生来のカリスマによって行われた可能性すらある。

拓斗は軽く頷き、そのまま顎をしゃくり先を促した。

他に言いたいことがあればどうぞ、の意味だ。

「此度の同盟、クオリアとして賛成するものである」

『こちらも、賛成しています』

(繰腹くんの返事がないな……やはり彼は蚊帳の外か)

事前に話が行ってて断ったか、そもそも対象外とされたか。

拓斗としては判断がつかなかったが、一つ安堵する情報ではあった。

この最強メンバーにテーブルトークＲＰＧのプレイヤーである繰腹まで加わっていてはたまったものではない。拓斗は困難な敵や高い目標が設定されたゲームは好きな方ではあるが、決してクソゲーが好きというわけではないのだから。

「実に見事なお手前だと評価しておこうかな。本来なら決して相容れることのない属性の者たちをまとめ上げ、プレイヤー、魔女、聖女を含めた一大勢力を作り上げたその手腕は見事というほかないよ。それで？　次に君たちが提案する言葉はおおよそ察しがついているのだが……さぁ、どうぞ？」

不遜な態度をとって、《破滅の王》ロールプレイをしてみるが、拓斗の内心としてはすでにどうにでもなれ、といったものだった。

というかむしろこの時点ですでに拓斗は逃げる算段をつけている。いくつか手段はあるが、最悪一つ手札を切らねばならぬとさえ覚悟していた。

ヴィットーリオは良いとしても、《出来損ない》や勇者組、そしてフォーンカヴンの使者は一緒に逃げてもらわないと今後に関わるのだから……。

（えーっと、とりあえずヴィットーリオに場をかき乱してもらうか？　もしくは優に『ブレイブクエスタス』の移動魔法使わせた方がいいかな？　いやフォーンカヴンの使者がいるから範囲転移魔法にしてもらった方が早いか……）

相手が拓斗の破滅の王ロールプレイに気圧されているのをいいことに、拓斗はどんどんと戦略を組み立てていく。

厳しい状況ではあるが、この程度を予想していなかったわけではない。

まだまだなんとでもなる。それが『Eternal Nations』世界ランキング1位のイラ＝タクトが下した判断だ。

「お分かりのとおり、もはや戦いで決着をつける時間は終わったのん♡　いくらマイノグーラの王であり、邪悪な軍勢を意のままに操るイラ＝タクトちゃんだとしても、この状況下で打てる手はないんじゃない？　安心して、別に取って食おうってわけじゃないわ……私たちの望む平和を受け入れて欲しいの♡」

取って食われるじゃねぇか。

拓斗は思わず言いかけた。隣で優が何かを言いかけ、そしてアイに口を塞がれている。

微妙な気持ちになったが、変に場を茶化してくれない方が今はありがたいのでとりあえずその光景をスルーする。

「どうかしら？　別に降伏したからといって人々を殺すってわけじゃあないわ♡　エッチなサキュバスお姉さんが沢山移住してきて、みんな仲良く毎日退廃的でエッチな生活をすればいいだけの話よ♡」

「しかしどうしたものか……。僕にも、そしてここにいる神宮寺優にも目的はある。本人から直接聞いたことはないから断言できないけど、それは繰腹くんにもあるだろう。それを捨てて君に下れと言うのは。第一僕らが頷いて収まる話じゃない」

「担当神の反応について不安があるのかしら？　だとしても安心していいわ♡　私の担当神、《拡大の神》が話をつけるから。――神々は勝負の行方にこだわらない。結果の善し悪しで駒を罰するほど狭量でもない。スケールが違うのよん♡　きっと必要の無い心配だったと胸をなで下ろす事になるわよ♡」

（嘘をつけ……）

そもそも敵からそんなことを言われたところで、はいそうですかと納得できるはずもない。

拓斗はテーブルトークRPG勢との戦闘の際にGMの権限を奪おうとして一度ペナルティを受けかけているのだ。

彼女が語る言葉にどれほど嘘が練り込まれているかなどすでにお見通しだ。

耳心地の良い言葉で誘惑するのは結構だが、少々お粗末な交渉だと言えよう。

「苦しむ必要は無いのん♡　難しいことは忘れて、すっきりしちゃえばいいのよん♡」

豊満な胸を両手で押し上げるようにアピールし、ヴァギアは拓斗たちの降伏を求める。

他にも参加している陣営はいるのに、まるで拓斗しか目に入っていないかのような態度は、彼女の危機感の表れだろう。

事実、拓斗は淫靡におどけてみせるヴァギアの表情に、隠しきれない焦りや緊張というものを見た。

（彼女もここで大ばくちを打ったってことか。この戦力差でここまで僕のことを危険視してくれるのは光栄でもあるが、とは言え一体何を知っているんだ？）

ヴァギアの態度はすでに拓斗が暗黒大陸の覇者

として君臨しているかのようなものであった。確かに戦力で言えば暗黒大陸随一と言えよう。

だが中立国家はまだしもこの場には勇者である優もいるし、どこにいるか不明なもののGM繰腹もいる。

にもかかわらず彼女の視線は常に拓斗に向けられている。

しこりのような違和感。過去においてこの虫の知らせを放置したがために危機的状況に陥った。

同じ轍は踏まない。拓斗はこの会談で得た違和感を大切に心の奥にしまい込む。

「というわけで、ここにいるみんな――というか正統大陸で同盟キメちゃったから奇しくも暗黒大陸の人たちって形になるのね♡　そのみんなに最後通告よ。我々の同盟に下りなさい。この戦力差を覆すことはあなたたちにできないわ♡」

最後の宣言。

明確な宣戦布告。是の言葉以外は求めない絶対的な要求。

この誘いに否を突きつけた瞬間、新たな戦いが始まる。

とは言え……。

（しかたない、さっさと逃げるか）

拓斗の決断は至極あっさりとしたものだった。

話題の新作 PICK UP!

ドキドキ☆サキュバスワールド

～現実世界にサキュバスがやってきた件～

【あらすじ】

世界がサキュバスに支配されちゃった!?

異次元から侵攻してきたサキュバスたちにわずか７日間で滅ぼされてしまった地球。

銃もミサイルも効かない。毒だって効いちゃいない。そんな中、サキュバスを屈服させて腰砕けにさせる唯一の方法が見つかった？


男よ、今こそ勃ち上がれ！

発売日：――年４月１日
発売価格：9,800円
ゲームジャンル：サキュバスおしおきアドベンチャー
発売元：ラビットソフトウェア

サキュバス陣営からの降伏勧告。

これ自体は予想していたことであるため拓斗に驚きは無かった。ただその規模が少々厄介であったがゆえに、予定とは違った対応を迫られる。

とは言え、この程度のことで動揺するほど拓斗の精神は貧弱ではない。

どんなことでも起こりうる。今まで散々苦汁を嘗めさせられてきた結果得た教訓が、拓斗に強靱な精神力と油断を許さぬ鉄の意志を与えていた。

「うん、情熱的なお誘いありがとう。でも残念ながらその提案は拒否させてもらおう。僕は、そして彼らも、君たちの同盟に下ることはない」

拓斗は静かに椅子から立ち上がり、ヴァギアの瞳をまっすぐ見つめ返しながら答えた。

国家間の作法としてそのように答えたわけではない。

同盟関係のフォーンカヴンの使者、そして勇者ユウに今からとんずらするぞと合図を送ったのだ。

ちなみにアトゥに変化したヴィットーリオには話の合間に念話で通達している。

尻尾巻いて逃げると告げた時の彼の心底うれしそうで楽しそうな声音はなかなかにイラッとするものであったが……。

幸いなことに、拓斗のそんな内心は悟られることがなかったようで、ヴァギアは彼女にしては珍しく厳しい表情を見せながらいくらか言葉を選んだ様子で拓斗に問うてきた。

「あらん？　淑女を袖にするなんて悪い人♡　――一応、理由を聞かせてもらえるかしら？」

ふむ、と拓斗は顎に手を当てながら考え込む仕草を見せる。

そしてチラリと優を確認する。

彼もこちらに視線を向けた。どうやら意図は伝わっているようだ。

「ここにいる神宮寺優はね、ＲＰＧの勇者で、まぁ破滅の王の僕とは水と油というか全く属性が違うんだけど……」

いきなり何を言い出すのか？　といった様子でヴァギアが眉間にしわを寄せる。

拓斗はここに至ってコロコロと表情が変わるヴァギアに彼女が隠しきれぬ人間味のようなものを感じながら、独壇場とばかりに話を続ける。

「属性は違うながらも、話してみるとすごく気が合うところがあったんだ。行動指針なんかは特にそうで、ある意味馬が合ったから協力関係を築いているとも言える。例えばそう、他のプレイヤーに対するスタンスとか？」

「男の子の友情ってやつね♡　いやん、妬いちゃう！　……いいわ、聞かせて。貴方たちのスタンスを」

ヴァギアはすでに取り繕うこともなく、こちらを睨み付けてくる。

その様子に苦笑いしながら、拓斗は優に軽く手を上げて合図を送った。

すなわち返答は……。

「「舐められたらぶっ殺す」」

瞬間。議場が爆ぜた。

「――なっ!!」

「女王！　こちらへ！」

「ゆ、床を破壊するなんてめちゃくちゃなのですぅ！　それにあの姿は!?」

勇者の真骨頂と言ったところか、道具袋から取り出した最高レアリティの斧が爆発を伴って床を破壊する。

同時に拓斗もその身体の《擬態》を一部分だけ解き、人獣合わせもった歪な豪腕を床に打ち据えた。

その結果はご覧のとおり。

エルフの英知と卓越した技術によって作り上げられた議場はその土台から崩壊し、今はその一部分をかろうじて【世界樹】の枝が支えている程度だ。

「ヴィットーリオ！」

「すでにこちらに！　むっふっふ～。急がないと増援がきますぞ～！」

アトゥの顔でヴィットーリオの口調は少々癪に障るが、それも仕方ない。

なぜなら彼の触腕の先には目を回すフォーンカヴンの使者が搦め捕られていたからだ。

《偽装》を解いてしまっては彼らを回収できない。ゆえにアトゥのままでいてもらう必要があった。

「いやぁ！　派手なのはいいなぁ！　わかりやすくて好きだぜ俺は！　そらっ！　フレイムア!!」

ブレイブクエスタスの爆発系魔法が飛びかかろうとするヴァギアたちを牽制し、双方に距離を作る。

どうやら向こう側も拓斗たちが何を考えているのか理解してるらしい。

近場で待機していた護衛らしきサキュバスが集まってきた。

さらに遠くからは膨大な数のサキュバスたちの気配がここに向かってきている。さっさと逃げるのが吉だ。

巨大な世界樹の枝を器用に飛び移りながら優のもとへ向かう拓斗、彼の近くに着地した時にはすでに準備は万全の様子であった。

「じゃあ会談は決裂ということで逃げよう」

「いやぁ、もう少しやりたかったが仕方ないな！　よっし、アイ。頼むわ！」

「はい、ご主人さま！　皆さんこちらへ！　範囲転移魔法！　テレスフーラ――！」

術者を中心に一定範囲のキャラを転移させるイベント専用魔法。

話には聞いていたが、通常手段で使用不可能なこの魔法すら使えるとは彼らもなかなかにチートだ。だがこれなら安心して全員転移できる。

足下の樹木の上に淡い光を放つ魔法陣が浮かび上がる。

素早く発動された魔法が相手に追撃させる暇を与えず拓斗たちを安全に暗黒大陸へと飛ばそうとした瞬間――。

「無のマナ2、森のマナ1、解放――魔法カード《原生林の結界》発動」

〈！〉ヴァギアのインターセプト
魔法カード発動《原生林の結界》

〈！〉アイのまほうはしっぱいした

ヴァギアの一言で、その全てが霧散した。

「ふぇ!?　な、何で!?　魔法が！」

「テレスフーラが失敗した!?　どうして！」

魔法は不発。それは未だ拓斗たちがこの場にいることが何よりの証拠だ。

優とアイは予想だにしない状況に何が起こったのか分からず混乱しているが、拓斗は一体どのような出来事が発生したのか、その全てを理解していた。

「『七神王』のカードか。厄介なタイミングで使ってくる」

ヴァギアのすらりとした指先に、どこかで見た覚えのあるイラストが施されたカードが見えた。

サキュバスに奪われた敗退者のシステム。トレーディングカードゲーム。

拓斗はかつて見た『七神王』データベースの記憶をたどる。

確かあのカードは敵の逃走を妨害するという効果を持つ魔法カードだったはずだ。

本来は召喚された魔物の回避行動や新たな召喚を妨害する効果を持つものだったが……カードに書かれたフレーバーテキストどおりに発動するとは実に厄介であった。

（《原生林の結界》の効果はたしか1ターンだったからすぐに効果は切れるだろうけど、この場面においては致命的な時間だな）

1ターンがこの世界においてどの程度の時間かは分からない。

だが一瞬ということはないだろう。であればいずれ膨大なサキュバスたちに数で押される。

アイの転移魔法を見たヴァギアの反応は見事の一言。この行動を予想し準備していたとみて間違いないだろう。

準備がよく、本当に嫌になる相手だ。

「ご存じのとおり、私たちサキュバスはみんなみたいな不思議な魔法や能力を持っていないわん。なんせしょせんはエロゲー♡　そういうのは全部えっちなことでしか発動しないの。けどこれがあれば話はべ・つ♡　ちょうど運良く『ナナシン』のデッキが手に入ったわん♡　コストが重いけど、エル＝ナーの中に生のマナ源があったのはまさしく天恵ね！」

（本当に面倒なシナジーだな！　【龍脈穴】から産出されるマナは有限だからマナを消費する『七神王』のカードにもいずれ限界は訪れる。問題はその限界がいつかってことだ）

『七神王』にはマナ産出カードを利用してマナ増殖を行う手段も用意されている。

だがそのカードがデッキに入っているかは未知数だし、今のところその気配もない。

とすれば警戒するのは即時発動が可能な魔法や召喚。

あと数回は同規模の妨害や攻撃を警戒しなければならないというのは拓斗をもってしても嫌気がさすほどに困難な状況だ。

「大丈夫。痛くはしないわ♡　天井のシミを数えているうちに終わるから……」

相手の数はおよそ十名ほど。

ヴァギアの護衛二人。残りは慌てて駆けつけた一般のサキュバス。

クオリアの使者は先ほどの議場崩壊の際にどこかに落ちていったらしく見当たらず、議場そのものが破壊されているためエルフは到達が困難。

そしてプレイヤーの通信を担う石のスタチューは行方知れずだ。

（いや、H氏のスタチューはヴァギアの手の中か……彼にも気をつけないと）

よくよく見ると、通信機能を有すると言われた石の置物をヴァギアが持っていた。無論H氏と呼ばれる最後のプレイヤーのものだ。

その存在感を極限まで薄めているためについ忘れられがちだが、彼もまたプレイヤー。しかもありとあらゆる情報が未知の……。

サキュバスたちへの警戒ももちろんだが、いつ彼が介入してくるか分からない以上、最大限に警戒すべきなのは彼で間違いなかった。

「ご主人さま、やりましょう！」

「むむむ！　けどこれピンチじゃね？　流石にやばいんじゃ……」

「ううっ、このままじゃご主人さまがサキュバスに寝取られちゃいます！　私の！　私だけのご主人さまが！　許せない……そんなの……」

「う～ん、ヤンデレ！　重い愛ですねぇ……」

何やら雰囲気が怪しくなるアイに対してヴィットーリオがそんなことを言い出す。

慌てて優がなだめているところを見ると二人の関係性が見えてくるようだ。

どちらにしろあまり役に立たないことは間違いない。

なお触手に搦め捕られているフォーンカヴンの獣人は気絶しているため現在完全なお荷物と化している。はじめから期待はしていないが、こちらも役にたつことはないだろう。

「というわけで俺は覚悟を決めたぞタクト王！　しゃあねぇ、遅かれ早かれこうなる運命だったんだよ！」

「『ブレイブクエスタス』の魔法には期待していたんだけど。他にこの状況を解決できそうな能力か魔法はないのかい？　ほら、奇跡を起こすのが勇者の特権でしょ？」

イベントの強制力についてそれとなく尋ねてみる。

優がそれを能動的に使えるかどうかは不明だったが、彼に手段があるとすればもはやそこしかない。だが『ブレイブクエスタス』のシリーズを通してもこの状況に使えそうなイベントを拓斗は知らない。

返答は、拓斗が予想したとおりだった。

「わりぃ、少なくともあの《結界》とやらをどうにかしない分には逃げられねぇ、腹くくってくれ王さま」

優の言葉……、腹をくくれとは大層な物言いだが、いい加減会話での時間稼ぎも無理であろうことは拓斗本人がよく理解していた。

仕方ないとばかりに意識を集中し、より《出来損ない》の操作精度を上げる。

ビキビキとその身体の半分が異形の赤子へと変化し、魂をむしばむ奇怪な鳴き声を上げる。

「はぁ、仕方ないか……」

「ふふふ。サキュバスの妙技、全身で味わってね♡」

戦いは、次の段階へと移ろうとしていた。

七神王最強無敵ランキング

《原生林の結界》魔法カード

無のマナ２　森のマナ１

本カードを使用したプレイヤーターンと、次の相手プレイヤーターンにおいて、相手プレイヤーの召喚および魔法カードの使用を禁止する。

～この森に入るのはたやすい。だが出ることは何人たりとも叶わぬだろう～

※公式大会使用禁止カード

最新価格　￥125,000
最高価格　￥850,000

第十話　痛打

　破滅の王と、世界を救う勇者。

　二人のプレイヤーからの威圧感が一気に増大し、その場に集結していたサキュバスの一般兵が思わずたじろぐ。

　平和をお題目に掲げ、全勢力を巻き込んだ会談はすでに崩壊し、言葉を捨て去った者たちによる原始的な争いが始まった。

「俺からいくぜぇ！　おらぁっ！」

　優が目にもとまらぬ速さで自らの得物を斧から刀へと切り替え、ヴァギアめがけて斬りかかる。

　人間の反応速度を超え、超常の存在ですら視認が困難な一撃。

　危険を顧みず一気に敵首魁の首を狙って一撃を放たんとするその様はまさに勇敢なる者の名にふさわしい。

　だが、絶死の刃がサキュバスの女王の命を刈り取らんとするその一拍前に横やりが入る。

　ギィンと金属音が高らかに鳴り、長身のサキュバス――フリージアが女王を守らんと槍を振るったのだ。

　自らの攻撃を防がれた優は無言で二の太刀を放つ、まるではじめからそのつもりだったと言わんばかりの剣閃は、だがやはり受け止められた。

「あまい。この程度では我らノーブルサキュバスは落とせない」

「ならこれはどうかな？」

　ヒュンと軽快な風切り音とともに優が納刀する、そのまま低く腰を下ろした瞬間、膨大な殺意がサキュバスたちを襲う。

　一閃、そして音速を超えたことによる衝撃波と爆音が議場の破片や世界樹の葉を吹き飛ばした。

　衝撃の波が収まり、状況があらわになる。

　そこには冷や汗をかきながらも巨大な盾で優の攻撃を受け止めきってみせた小柄な護衛のサキュバス——ゴリアテがいた。

「ふぇっ、の、ノーブルサキュバスはサキュバスにおける貴族階級。女王を守護する盾であり槍です。よ、弱くはないのです」

　控えめにおどおどと言うゴリアテだったが、その力量は決して侮れるものではない。

「そうよ！　女の子だって槍を持っているのよ♡」

　勇敢な二人の配下に激励を送るヴァギア。

　だがその表情が緩んでいないところを見ると、先ほどの攻防が決して自分たちの優位性を示すものではないことをよく理解しているようだった。

　事実、その様子をまざまざと見せられた拓斗だったが一切の動揺を見せず、状況を見守っている。

「なかなかやる。とは言えあくまで配下でしか無いわけだ。プレイヤーでもない存在が太刀打ちできると？　少なくとも勇者という存在を甘く見すぎじゃないか？」

　その言葉の意味を相手はすぐに知ることとなる。

　なぜなら、先ほどの一撃は。

　勇者にとってただの〝こうげき〟なのだから……。

「ご主人さま！　エルパーワ！　エルスピドー！」

〈！〉アイは　まほうを　つかった
勇者ユウは　ちからが　あがった
勇者ユウは　すばやさが　あがった

「おお！　来た来た来た！　よっし——ふっ！」

　アイの補助魔法によって優の攻撃力と速度が何倍にも増加される。

次の一撃は、もはや〝こうげき〟と表現するのが馬鹿らしいほどの威力を有していた。

死は……ここにある。

「やばっ！　森のマナ2、解放！——魔法カード《森の底力》発動！」

〈！〉ヴァギアのターン
魔法カード発動《森の底力》

「ぐっ！」

「きゃっ！」

此度の衝撃は、先ほどの比ではない。

衝撃波などという生やさしいものはもはやそこには存在せず、命を刈り取らんとする暴力がただ無秩序に荒れ狂う。

ノーブルサキュバスと呼ばれる護衛の二人や魔女であるヴァギアならまだしも、一般のサキュバスたちがこの戦いに立ち入る隙は存在しなかった。


「ま、まずいわね！　知っていたけど予想以上に強い！」

ヴァギアが焦りの声を上げる。

そこに余裕はなく、彼女自身意図せず劣勢に立たされていることをよく理解しているのだろう。

個で争えば勇者は最強。

拓斗の事前の評価どおり、その力は間違いなくこの場でも発揮されている。

（勇者という存在を甘く見ていたな。強さはもちろんだけど、彼の能力を何倍にも引き上げるあの装備がすさまじい。おそらく僕も知らない未公表レアアイテム……。一体どれだけプレイしたのやら）

『ブレイブクエスタス』はＲＰＧというジャンルだ。

主人公である勇者が持つ武器防具は基本的に店売りや宝箱から入手することができる。

だがその中の一部には、敵モンスターが一定の確率でドロップするレアアイテムというものが存在していた。

　やりこみ要素の一つとして実装されたそのレアアイテムの入手難易度は壮絶の一言。

　何十時間連続して敵を倒しても一つも手に入らないなどざらで、中には年単位で挑戦しなければ入手できないアイテムすらある。

　それら奇跡の武器防具。むろんその能力は特級の一言だ。

　魔王すら一撃で撃破しうるエンドコンテンツをやりこんで、果たして何の意味があるのかと拓斗も疑問を抱くことがあるが、ゲームとは得てしてそういうものだ。

　そういうものだからこそ、手に入れた時の快感と達成感は何にも代えがたいものがある。

　そんな膨大な時間と奇跡の塊を、優は装備している。

　本気を出した勇者が負ける要素はどこにもなかった……。

（だが……警戒は怠れない。予想外にこちらが押しているが、相手に増援が来たら容易に覆される。二十四時間戦えないのがこっちの弱点だからね。けどエルフの聖女たちがここにいなかったのは幸いだった。もしいたらこの時点で詰んでいた）

　拓斗はこの状況を冷静に分析している。

　無論彼とて優に任せっきりで遊んでいるわけではない。

　ヴィットーリオに命じてその能力を用いた姑息な妨害をかけているし、《出来損ない》を操りアイやフォーンカヴンの使者をサキュバス兵から守っている。

　もっとも、彼が大きくこの場を動かないのはとある理由があるからだ。

　それはすなわち最後のプレイヤーの存在。

（仕掛けてくるとしたらそろそろか……）

　そして……拓斗の予想どおり、ヴァギアの劣勢にじれたH氏が動いた。

『――ヴァギアさん。どうぞお使いください』

「仕方ないわねぇ……♡　じゃあとっておきをご開帳！」

能力を使うことは予想できた。

一体どのような攻撃を仕掛けてくるか？　それが分かれば相手のゲームが分かり、相手のゲームが分かれば対策がとれる。

拓斗がここまで動かなかったのは優を信じているのもあったが、彼をおとりにH氏の能力を引き出そうとしたからだ。

そして何が起こっても優をサポートできるよう、全てが俯瞰できる後方に控えることを選んでいたのだ。

だがその判断が間違いであったことを思い知らされる。

H氏がスタチューを通じてヴァギアに声をかけ、彼女の手元に何かが現れる。


その物体を見た瞬間、拓斗は思わず目を見開き間に合えとばかりに叫ぶ。

「優！　避けろ!!」

〈!〉Item Trade Done
Fearsome Scimitar of Hellflame Lv125

ピンと、空間に線が走り左右にずれる。

その先にあるは勇者ユウ。

「――は？　ぐっ、ぐあぁっ！」

「ご主人さま！」

鮮血がほとばしる。

それは一文字に切り裂かれた優の胴体にある深い傷より噴き出したものだ。

跳躍一歩でこちらへと戻ってきた優の表情は苦悶に満ちている。

命はあるものの、どうやら良い一撃をもらったようだ。

アイが慌てて回復魔法を唱えようとしているためおそらく大丈夫だろうが、状況がよりまずい方向に動いたことは間違いない。

「大丈夫かい？　少し下がっていて」

「いや、俺は大丈夫だ。このくらいすぐ治る。それより――」

　拓斗の申し出を拒否するかのように無理矢理立ち上がり、ヴァギアを睨み付ける優。そこにあるのは今までの多少余裕のある表情ではなく怒りのそれだ。

「お前――何を使った？」

　最高レアリティの防具。それも特殊能力ではなく防御力に特化した一品。

　見た目は制服ではあるが優が身につけていたものはそういう類いの防具だ。

　それをあっさりと切り裂く一撃。

　左手にH氏のスタチュー。右手に不可思議なデザインの曲剣を持つヴァギアを睨み付けながら、優はそう吐き捨てた。

（彩度が高い配色に角張ったデザイン。明らかに別のゲーム由来の武器だな、どちらかと言うと洋ゲーによく見るタイプだけど……）

　優を傷つけたヴァギアの動きから注意を逸らさず、拓斗は瞬時に分析する。

　同時に、優の状況に目を配ることも忘れはしない。

（まずいな。相当な攻撃能力だ……）

　ボタボタと優の腹から落ちる血液。

　その量は尋常ではなく、通常であれば生死を問われるレベルのものだろう。

　事実優の顔からはどんどん血の気が引いていき、その顔が白くなっていく。

　だがある時を境にまるで逆回転のようにその傷は塞がっていった。

〈！〉勇者ユウのきずがふさがった

「ご主人さま、回復しました！　ＨＰ全快です！」

「ああ、ありがとうアイ」

回復魔法。単純ながら強力な魔法である。

致命傷ですら回復してみせるとは、アイ自体が優秀な僧侶であり魔法使いでもあることの証左ではあるが、だとしても『ブレイブクエスタス』の魔法が規格外なのは間違いない。

サキュバスたちは追撃を行わない。

それは拓斗を警戒してのことであり、その判断は正しかった。

一種の膠着状態が生まれる。

ヴァギアたちは次の行動を検討するために、拓斗たちは相手が持ち出した新たな攻撃手段を警戒して。

不思議なまでに生まれた静寂を打ち破るかのように、その顔に血の気が戻った優が自分の疑問を反芻するかのようにつぶやく。

「俺の身につける装備は高レアで、そう簡単に傷つけられるものじゃない。ぶっちゃけ魔王レベルのボスですら余裕でいけるんだ。ここまでダメージを受けるには間違いなく何かある」

その視線の先にあるのはヴァギアの持つ武器。

彼女たちサキュバスが持つには明らかにデザインの統一性がない歪に曲がった剣。

Ｈ氏の言動からも、彼が持つゲームとその能力がその不思議な剣に強く関係していることは明らかだった。

「武器か……武器を用意できるゲーム？　候補がありすぎるな」

「んん～それだけではありませんねぇ！　武器を用意できて、それを譲渡し、かつ勇者が持つ強力な装備をたやすく傷つけることができるほどのゲーム、ですぞ！」

拓斗の言葉にヴィットーリオが重ねる。

優が痛手を受けるほどの能力。その事実はあまり歓迎するべきものではないが、その代わりに貴重な情報を得ることができた。

　これほどまでに自分の存在を秘匿していた人物だ。相当に警戒心が強く、今回の対応も不本意なものだったのだろう。

　ではその不本意ついでに情報を洗いざらいぶちまけて欲しいところだ。

「ヴィットーリオ。《洗脳》を」

「ん仕方ありませんねぇ！　さぁ、我が声に応えよ！　ほ～らおめめぐ～るぐるっと！」

　切り札の一つを使う。

　ヴィットーリオが持つ洗脳技能だ。ヴィットーリオ本人は全く戦えない。それは《偽装》によってアトゥの模倣をしている状態でも同様だ。

　だが反面、彼が持つ能力ならいくらか使える。

　そして絡め手こそ彼が得意とする分野だ。

「きゃっ！　な、何これ!?」

「ぐっ！　頭がぁっ!!」

「う、あ……」

〈！〉サキュバスたちが洗脳状態になりました
以後プレイヤーの影響下を離れます

　回避不能の能力がサキュバスたちを襲う。

　ゲームのシステムを使えるのは彼女たちだけではないのだ。それを忘れて貰っては困る。

　そしてヴァギアの言葉どおり、サキュバスという種族は強靭な肉体能力以外に特筆する能力を有していない。

　ヴィットーリオの洗脳の通りも良くなろうというものだ。

　頭を抱えていたサキュバスたちがゆらりと立ち上がり、ヴァギアに向き直る。

　一般兵ではヴィットーリオの能力をレジスト出来ない。この光景はわかりきっていたことである。

　だがその光景の中に、拓斗は決して見逃せぬヒントを見つけていた。

ヴィットーリオが能力を放った時、ヴァギアと護衛の二人が持つネックレスや指輪などの装飾品が一瞬光ったのだ。

（間違いない。何らかの防御機構が反応した。おそらくあのアクセサリーもH氏の能力によるものか……。なるほど）

「無のマナ1、水のマナ1、解放――魔法カード《解呪》発動」

〈！〉ヴァギアのターン
魔法カード発動《解呪》

〈！〉サキュバスたちが洗脳状態から復帰しました

ヴァギアが『七神王』の魔法カードを使った。

マナを使わせたという点で言えばこちらにとって有利な状況に傾いたと言えるが、そもそもH氏がもたらした武器やアイテムを攻略する手立てがない以上無意味である。

むしろ先ほどの解呪によってこちらの洗脳が防がれたことの方が手痛いかもしれない。

現状打てる手段が無くなってしまったのだから。

「お～っと、これは厳しいですねぇ。雑魚はともかく、メインディッシュは他の能力も確実にレジストしてきますぞ！」

ヴィットーリオの判断は間違っていないだろう。

彼女たちが持つ装飾品がデバフや異常状態の防御能力を持つのであれば、ヴィットーリオの有利性が完全に失われたこととなり、すなわちそれは騒がしくうっとうしい英雄という名の肉袋が一つ増えることを意味する。

彼の言うとおり一般のサキュバスたちならどうとでもなるだろうが、それであれば別にヴィットーリオでなくても良い。

　問題は魔女ヴァギアと護衛の二人なのだ。

　ここを攻略しないことには問題は解決しない。

「優。どう？　何かやっておきたいことはある？」

「悪い、正直俺じゃあこれ覆すのは無理だわ。タクト王は？」

「ふむ……」

　手は無い。というわけでも実はなかった。

　だがもう少しH氏の能力の見極めを行いたいというのが拓斗の本音だ。

　もっとも、もうすでにおおよその当たりは付けていて、後は確認だけなのだが……。

「H氏から借りたこの装備、ビンビンきちゃう！　流石にこれだと、勇者といえどもどうにもならないわねぇ♡」

　護衛の二人が自らの得物を持ち変える。

　その色彩とデザインがヴァギアが持つそれと非常に似通っているところを見ると、どうやらあれらもH氏由来の物品らしい。

　少なくともサキュバスの上位陣に与えられるほど数がある。拓斗の中で確信が強くなった。

「さっきの洗脳の時に、キミはその効果を受けなかった。そして一部の配下もその効果を受けていないように見えた。何らかの防御アイテムを使ったんだね。それもH氏とやらの与えた装備かな？　何かのゲームの作中に出てくるものとしてはどれも性能が破格すぎる。その装備がH氏が保持するゲームシステムの根幹、もしくは重要な位置を占めているということか……」

『ヴァギアさん。彼は危険です。今すぐ排除を』

　H氏が久しぶりに声を上げた。

　言葉から焦りが聞きとれる。実に良い塩梅だと拓斗は内心でほくそ笑んだ。

　沈黙は金、雄弁は銀とは昔の人はよく言ったものだ。

『ヴァギアさん。この機を逃すわけにはいきません。万が一がないとは限らない。決断を』

「……私は殺すためにここに来たわけじゃないの。そのことは最初に言ったはずよ？　それは彼についても一緒。私たちは、きっと手を取り合うことができるの。目指せハッピーエンドよ♡」

人は本質的にはわかり合えない。

それが拓斗の考えだ。彼にしてみればヴァギアの言葉は空虚な理想であり、到底実現不可能な夢物語だ。

少なくとも、ハッピーエンドとやらを共に迎える相手に関してはもう少し絞るべきであろう。誰も彼もが自分と同じ価値観や認識を有してるとは限らないのだから……。

だがそれを拓斗は否定しない。そもそもそんなことに興味は無いからだ。

拓斗には目的がある。

重要なことは、どうすればその目的を果たすことができるかだ。

そして間違いなく、現在の拓斗はその目的に向かって決して振り返ることなく突き進んでいた。

すなわち謎に満ちたプレイヤー、H氏が持つ力の解体。

「複数の強力な装備、装備制限も見たところ緩そうだ。それに数をそろえられる。見た感じ装飾装備もある……か。装備を重ねてステータスアップするソシャゲ系かと思ったけど、個々に能力があるということはより細かなシステムを持つゲームだね。けど大規模な能力行使を『七神王』に依存したところを見ると、より個の戦闘に主軸を置いたもの……」

怪異の正体が知られたホラー映画が一気に面白みを失うように、種の割れたゲームプレイヤーはその脅威度が一気に下がる。

情報というものはそれだけ価値を持ち、知られるということはそれだけ恐ろしいことでもある。

「――ジャンルはハックアンドスラッシュ。ゲーム名は……名作と名高い『Avicii（アヴィーチー）』。なるほど、そりゃレアアイテムも湯水のように使えるだろうね」
　Ｈ氏の未知は、ここに既知と成り下がり、その価値は地に落ちた。
『ヴァギアさん！』
　Ｈ氏が慌てたように名を叫ぶ。
　それがどのような意図を持ったものかは不明だ。
　だがその仮面が剥がれ動揺していることは明らかだった。
　正解と言っているにも等しいその態度に、拓斗は思わずフッと笑いが漏れる。
「当たり……か。動揺している時は声に出しちゃだめだよ。相手に悟られる」
　次いで冷酷な、どこまでも冷酷な笑みを浮かべ、拓斗はそう一言告げた。

ブレイブクエスタス wiki

【用語】ハックアンドスラッシュ

通称ハクスラ
主として敵との戦闘に主軸が置かれたシステムを指し、他のゲームジャンルと融合している場合もある。
そのため、このハクスラを指す場合、網羅されるゲームは比較的幅広い。
一般的には敵との繰り返し戦闘、アイテムの入手によるキャラクターの強化などの要素が組み合わさっているものが代表としてあげられる。

第十一話　喜悦

それはプレイヤーがランダム性の高いダンジョンを攻略しながら自らを強化していくアクション性のあるゲームで、ハックアンドスラッシュというジャンルに属する。

繰り返し要素ややりこみ要素が強く、キャラの育て方によっては無限の遊び方ができる非常に根強い人気を誇るゲームである。

そのハックアンドスラッシュを支える一番とも言えるシステムがランダム装備。

入手する毎に変化する様々な能力を持つ強力なアイテムを求め、プレイヤーは何度も繰り返しダンジョンに挑戦する。

すなわち、ハックアンドスラッシュのプレイヤーは様々な能力を持つ装備を大量に有している

――『Avicii（アヴィーチー）』。

と言える。

それがH氏の能力の正体であり、ヴァギアが高レア装備に身を包んだ勇者に傷をつけるほどのダメージを与えることができた理由だった。

「見事だわ♡　本当にしてやられたとしか言えない。H氏は後でお仕置きね。動揺する男は女の子を不安にさせちゃう。交渉もエッチも同じって教訓だわ♡」

蠱惑（こわく）的なため息。それはサキュバスの女王から漏れ出たものだ。

拓斗がH氏のゲームを完全に言い当てたことで状況が変化したことを悟ったのだろう。

それはすなわち、今までどうにか彼女なりの和平を模索していた対応が、明確に拓斗たちの排除に傾いたことを意味している。

「けれども、H氏のゲームがハックアンドスラッシュと分かったところでどうするの？　情報は戦力差を覆すものたり得ないわ。そ、れ、に……」

「ちっ、サキュバスどもの本隊がわらわらと集まってきたな……」

優が焦りの声を漏らす。

ただのサキュバスなら問題なかった。だが今集結している者たちは護衛の二人とまでは行かずとも上位の位階らしく一筋縄ではいかない気配を漂わせている。

それだけではない。その全員がH氏の装備を身につけていたのだ。

優にすら傷を付けるハックアンドスラッシュの武具。

強力なアイテムにはレベル制限や能力値制限があるのが常だ。拓斗が予想するH氏のゲームでもその制限は同じ。

その点で言えば戦力がインフレしないのはありがたかったが、だとしても楽観視できる相手ではない。

むしろ装備制限があったとしてもなお、あらゆる敵を寄せ付けないと断言できるほどの戦力であろうことは確かだ。

「H氏から提供してもらった強力無比な高レア装備を身につけたエルフとサキュバスの混成軍。それらをマイノグーラとの国境に配置しているのん♡　私がひとたび号令をかければそれが一斉に暗黒大陸に押し寄せるわ♡」

さらに、ヴァギアが用意していた作戦はそれだけではなかった。

拓斗もそのことに思い至り、わずかながら眉間に皺を寄せる。

この強力無比なサキュバスとエルフの混成軍だ。さしものマイノグーラの軍勢と言えど勝てる見込みは無い。

もしもマイノグーラの研究やユニット生産が最

終段階まで到達していたのなら話はまた違っただろうが、もしもを語るのはこの世界で最も愚かなことの一つであることを拓斗はよく知っていた。

現状の戦力では個人でも軍でも到底敵わない。

それは火を見るよりも明らかだ。

(クオリアがこの同盟に参加していたのが不思議だったが、案外この戦力で脅されたというのが理由だったりしてね)

すでに地上まで落下した――まぁおそらくどこかのサキュバスに助けて貰っているだろうクオリア法王の苦渋に満ちた表情を思い出す。

「確かにマイノグーラという国は強力な闇の軍勢を所有しているでしょう。暗黒大陸の中立国家も少なからず戦力を保有している。けれども、生命体として人より上位の性能を持つサキュバスと、彼女たちを支える名品級の装備。それらを相手にどれだけ持つというのかしら?」

彼女の言葉はまさしく正論である。

そして同時に彼女の言葉どおり拓斗は現状においてサキュバスたちを押し返す力を持ち合わせていない。

片方ならなんとかなった。

サキュバスの軍勢、ハクスラの装備。それらを同時に利用されては拓斗としても窮地に立たされているという現実を認めざるを得ない。

「イラ=タクトちゃんには散々辛酸を嘗めさせられたけどこれでもうおしまい♡　ふふふ、諦めて楽になりなさい♡　エッチなサキュバスお姉さんのハーレムご奉仕コースがあなたたちを待っているわよ!!」

囲まれた。

すでに周辺はサキュバスたちによって埋め尽くされており、逃げる隙はどこにも存在しない。

『七神王』の魔法カードによる結界もまだしばらくは解除されそうな気配はなく、アイの転移魔法に期待することはできない。

優は体力的にはまだまだ戦えそうだが、この危機的状況を前に精神の方が先に疲弊してきているようだ。

ヴィットーリオは完封されているため役には立たず、拓斗が操る《出来損ない》も英雄に迫る戦闘能力とは言えどこの状況を覆せるほどではない。

（なるほど、ほぼ詰みって感じだね）

拓斗は冷静に状況を分析する。

拓斗本人はこの場にいないため無事だろう。

ヴィットーリオも自害すれば逃走できる。

だが優たちはそうではない。彼らは拓斗たちのようにこの場を脱出する切り札を持っていないだろうし、サキュバスたちに勝てる手立てもない。

そして相手側も馬鹿ではない。

彼女たちが言う平和に協力しないのであればどのような手段をもってしても取り込みをはかるだろうし、様々な効果を持つ『七神王』のカードならば場合によっては洗脳や関係性の変更なども可能だろう。

無論、その点で言えばフォーンカヴンの使者も軽んじることはできない。

指導者の代理に選ばれるほどの役職を持つものなら当然マイノグーラとフォーンカヴンが行っている取り引きについて詳細に知っているだろうし、外部に漏らすにはまずい情報も沢山持っている。

この場にいる全員が無事帰還すること。

最低でもそれが今後を見据えた上で必要な目標だった。

「や、やべぇよ……」

「ご主人さま……」

じり……と包囲網が狭まる。

相手側が一気に飛びかかってこないのは今もなお拓斗らの行動を警戒しているからだろう。

ずいぶんと慎重にことを運ぶものだ。

時として勢いに任せて行動した方が結果として良い方向に向かうことを知っている拓斗としては、

相手の――特にヴァギアの偏執的なまでの臆病さは気になるところだった。

「ふむぅん。これは絶体絶命！　んでんで、いかがなさいますかぁ？」

ヴィットーリオが問うてくる。どうやらタイムリミットが来たらしい。

時間稼ぎもこれ以上は無理だろう。

拓斗はゆっくりと辺りを見回すと、やれやれといった様子で両手を軽く上げた。

「ゲームのシステムというのは、つくづく理不尽だと思うよ。どれほど策を練り、どれほど力を蓄え、どれほど慎重に動こうともソレを容易に覆す。バランスなんてあったものじゃないね」

「それは同意ね♡　というか、エロゲーだのSLGだのRPGだの、そういうのごちゃ混ぜにしたらこうなるのもわかりきってるのよ♡　まっ、私には関係ないことだけどね。それに、もうあなたたちにも関係ないことよん♡」

ヴァギアの提案を受け入れれば命は助かるだろう。

だがその先に待ち受けるのは甘く淫靡な世界で行われる牧場の家畜としての生活だ。

流石にそれを受け入れるわけにはいかないし、拓斗のプレイヤーとしての矜持が許しはしない。

「さ、私の手をとってねんマイノグーラの王、イラ＝タクトちゃん。今ならこのエッチなお姉さんが、特別にお相手してあげる♡」

そして何より……。

「残念ながらそれは遠慮させてもらうよ。僕の心にいる人はただ一人だからね」

拓斗は決めたのだ。

全てを取り戻すと。失ったあらゆるものをこの手に取り戻し、そして天上の世界へと国民を導くと。

彼の決意は揺るがない。

止まらぬから、そして止められぬからこそのトッププレイヤーなのだ。

「というわけで魔女ヴァギア。理不尽の時間だ――」

「……え？」

「《大儀式：仄暗い国》」

その言葉と同時に、不可視の力場が大陸全土に広がる。

そう……大陸全土だ。

世界樹周辺に張られた結界など意に介さぬほど強大で、強力な魔法が発動しようとしていた。

魔力の奔流が世界に吹き荒れる。

それは誰も傷つけることなく、何も破壊することなく……。

だが明確に、世界の理を書き換えようとしている。

『ヴァギアさん！　逃げられます！』

「つ、捕まえて！　絶対に逃がしちゃダメ！」

魔女ヴァギアが、護衛のノーブルサキュバスが、そしてこの場に集うサキュバスの精鋭兵たちが。

それらがＨ氏の用意した神話、伝説、名品級の数々をもって拓斗らに殺到する。

まさに一撃必殺。

高レア防具で固めた勇者の防御力ですら貫く強力な攻撃が雨のごとく降り注ぎ、その悉くが寸分違わず拓斗ら全員に命中する。

だが……。

〈！〉大儀式により攻撃は無効化されます

「――なっ！　何で……きいてない!?」

理不尽なまでの攻撃の嵐は、だが彼らを止めるどころか一切の傷を負わせることが叶わなかった。

まるで、はじめからそんなことが許可されていないかのように……。

ヴァギアの目が驚愕に見開く。

今までも何度か感情を見せていたサキュバスの女王だったが、今見せている表情はその中でも特に感情的で、怒り、驚愕、苦悶、後悔、恐怖、あらゆるものがない交ぜになっている。

拓斗は目と鼻の先、まるで恋人が口づけを交わそうとするかのごとき距離まで顔を近づけると、ヴァギアの顔をじっくりと、じっくりと眺めながら心底うれしそうに嗤(わら)う。

「うん、その顔が見たかった。キミにも僕が味わった理不尽を感じて欲しかったんだ。ほんと嫌になっちゃうよね」

バッとヴァギアが怯えたように距離を取り、彼女を守るかのように護衛のサキュバスたちが間に入る。

その間にも遠近関係なく攻撃が加えられるが、何人(なんぴと)たりとも拓斗らの防御を攻略できずにいる。

暗い闇が、ゆっくりと拓斗たちを包み込んでいく。

サキュバスたちが距離を取り、何があっても対処できるように鋭い視線を向ける。

その反応が少しおかしくて、拓斗は苦笑いしながら軽く手を振る。

「安心して、これでお開きさ。けど残念ながら君たちが一枚上手だったことは認めないといけない。勝負は一旦預けるよ。まっ、再開するのはずっと先だろうけどね……」

ドロドロとした黒い魔力はどんどんと拓斗たちを包み込み。

やがてその全身が闇で覆われる。

拓斗は己の視界が遮られる瞬間、ヴァギアをしっかりと見つめ……。

「次は負けない」

そう言い残し、彼らは闇に包まれた。

その後すぐに魔力の奔流が収まり、闇の塊も霧散する。
無論その後には何も存在しない。
拓斗らは、はじめからいなかったかのように、逃走不可能とされたこの場所から消え去っていた。

SYSTEM MESSAGE

大儀式が発動されました。

灰暗い国：マイノグーラ

OK

第十二話　解散

　サキュバスたちの本拠地で絶体絶命の状況になった神宮寺優。

　彼がもうダメだと思った時それは起こった。

　不可思議な、だが明らかに常識を超えた魔力が世界中に発生し、自らもまた深い闇に包み込まれたのだ。

　一体何が？　そう混乱する彼の目の前に広がる景色に優はさらに驚く。

　視界に入る光景は、見慣れた暗黒大陸の荒れ果てた荒野だったのだから……。

「逃げられた……のか？」

　キョロキョロと辺りを見回している優。

　遠くに巨大な森が、その反対には訪れたことのある都市が見える。

　どうやらここはドラゴンタン郊外の場所らしい。

　すなわち、マイノグーラの支配権内だ。

「無事、だね……みんないるかな？　フォーンカヴンの人たちも……うん」

　拓斗が周りを見回し、ひぃふぅみぃと人数を数える。

　足りない人物はいない。少なくとも拓斗と協力関係にある国家および勢力の人物はともに来られたようだ。

「けどまんまとしてやられましたなぁ。あそこまで用意周到に準備をしているとは、吾輩をしても予想外でしたぞ！」

「ほんと、あそこまでガチガチに固めてくるとは思わなかったよ。けど相手が警戒してくれていたのは良かった。最悪キミをおとりにして発動の時間稼ぐつもりだったからさ」

「んま！　辛辣！」

ヴィットーリオが楽しげに踊る。

すでにその《偽装》は解かれ、いつもの道化師じみた姿形になっている。

突如現れた奇怪な人物に拓斗以外の全員が目を丸くしているが、この辺りは後で説明すれば良いかと拓斗は最後の切り札が無事決まったことに安堵のため息を吐く。

「とは言え、使いどころの難しい《大儀式》にしては最高の切り時でしたなぁ。むしろおあつらえ向きの状況に吾輩驚き！」

「国境固定されるのが痛いんだよねぇ。入植もできなくなるから内政に有利ってわけでもないし」

拓斗とヴィットーリオが語り合う。

どうやら今現在起きている状況についての話だと理解した優は、勝手に盛り上がって勝手に納得している拓斗たちに焦れたのか、抗議の声を上げる。

「って、何勝手に納得してるんだよ！　一体何が起こったんだ？　俺にも説明してくれよ！」

「そ、それよりもご主人さま。今頃はサキュバスたちの暗黒大陸への侵攻が始まっています！　今すぐ準備しないと間に合いませんよぉ！」

「そ、そうだった！　ってかあんなのどうやって倒すんだよ！　流石にあのコンボはズルすぎるだろ！」

慌てふためく勇者組。フォーンカヴン組は茫然自失といった状況だ。

そういえば落ち着いて一息つけたことだし、そろそろ彼らにも説明が必要だと判断した拓斗は、早速とばかりに今起こした出来事のからくりを説明する。

すなわち、正統大陸連盟の侵攻を気にする必要が無い理由を……。

「大丈夫。実は大儀式という、ゲームで一度だけ使える強力な魔法を使ったんだ。それぞれの国家が保有する強力無比な能力。それによって時間稼ぎを行っている」

「どういうことだ？」

優は理解できずに首をかしげている。

アイも同様だ。どうやらもう少しかみ砕いてやる必要があるらしい。

拓斗としても久方ぶりに使う大儀式の効果を確認する意味でも、詳細にその能力を語ることとした。

「大儀式。これは僕のゲーム――『Eternal Nations』の国家がゲームプレイ中に一度だけ使える強力無比な能力だ。マイノグーラの大儀式は〝仄暗い国〟。その効果は発動した時点でマイノグーラと敵対する国家が一定期間一切互いの干渉を不可能とすること。こっちも何もできないけど、あっちも何もできなくなるという国家規模の結界さ」

「あっ！　それで街に戻ってきたんですね。脱出に関連する能力ではなく、相互干渉が不可能だからこそ敵対する国家に滞在する人は強制的に自国に戻されると……」

「ご名答。幸い相手の手の内は知れた。これを機会にじっくりと対策をとるさ」

どうやら今回の理解度はアイの方が高かったようだ。

ふむふむと納得していたかと思うと、未だに理解が及ばず間抜け面をさらしている優へとよりわかりやすく例も交えて説明している。

その間に拓斗はマイノグーラの配下へと迎えをよこすよう念話をつなげる。

一応拓斗本人というていで来ているので、優やフォーンカヴンの使者に影武者の秘密がばれないようにするためだ。

気がつくと、ようやく納得したらしい優がこちらの念話が終わるタイミングを見計らって質問をしてきた。

「ああ、なんとなく理解した。すげぇ便利な魔法だなマジで。少なくとも国規模なんだろ？　流石ＳＬＧだわ。……ちなみにこの魔法の効果はいつまで続くんだ？　ＳＬＧの1ターンって現実で言うとどのくらい？」

「さぁ？　詳しく調べてみないことには。まぁ最低でも一年は見ておいていいんじゃない？」

ふーん、と納得したのかしていないのか曖昧な返事をして考えこむ優。

拓斗としても明確にこの問題に答えられる術を持ち合わせているわけではない。脳内に広がるエタペディアなどを調べればもしかしたら出てくるかもしれないが、少なくともゲームのシステムが現実世界に即したように改変される事例は今まで数多く見てきている。

『Eternal Nations』における時間の流れを正確に再現するならそれこそ何十年という期間になりそうだが、そうならないだろうという根拠のない確信のようなものはあった。

「一年……か。それだけあればいろいろできるな……はぁ、俺も鍛えるか。このままじゃダメだもんな」

あーあ、とつまらなそうに地面の小石を蹴り、優は大きなため息を吐いた。

どうやらサキュバスの軍勢に何もできなかったのが相当応えたらしい。

鍛え直すとは王道ＲＰＧらしい無骨な選択だが、ここで彼がまた流浪の旅に戻るのは少し遠慮願いたい。最低でも連絡手段は残しておきたかった。

「パーティーは解散ってこと？」

「いや、自由行動って感じにしておいてくれるか？　ちょくちょく戻ってくるからさ。連絡も取れるようにしておくよ。んで……できればお金の面とかで助けてくれるとうれしいなー、なんて！」

「それはもちろん、結果を出してくれるなら」

完全に離脱というわけではないらしくその点では安堵できる。

大儀式の効果範囲はマイノグーラとその同盟関係にある陣営だ。

フォーンカヴンはさておき、勇者陣営との協力関係は現状では結びつきが薄い。

彼が離脱したことによって同盟解消と見なされ効果範囲外になればサキュバスに狙われる危険性があった。

だがその懸念はどうやら無駄に終わるらしい。彼としても拓斗をスポンサーとして動くことにメリットを感じているようだ。

どちらにしろ戦力強化を図らなければならないという現状認識は少なくともこの場で共有されている。

優とてその程度のことは分かっているようだった。

拓斗はふと、ＲＰＧらしい戦力強化とはどのようなものか疑問を抱く。

システムを用いた強化か……それとも敵を倒すレベルアップか。

参考にできるようならマイノグーラでも取り入れてみようと思ったのだ。

「ちなみに、どうやって鍛えるか参考までに聞いても？」

「あー、漠然としているんだけどな。とりあえずアレに会いに行くことにするわ」

「……アレ？」

はて？　と拓斗は一瞬考える。

そしてやや冷して自分とは違って彼は自らを呼び出した存在とコミュニケーションをとれていたことを思い出した。

「《《ふざけた神》》。面倒ごとばっかり押しつける変なやつだけど、なんだかんだで俺とアイの担当神だからな！」

ニカリと笑う優。

まぶしく疑うことを知らぬであろうその笑顔を見て、拓斗は神が彼の願いを聞き入れてくれれば良いのだがと願わずにはいられなかった。

Eterpedia

仄暗い国

——大儀式：マイノグーラ

発動した瞬間に国境が固定され、以後あらゆる敵対国家、陣営との干渉が不可能となる国家規模の結界を張ります。
また大儀式発動時の戦争状態は維持されますが、互いの領土に侵入しているユニットはその時点で自国領土へ戻されます。

※この効果は国家が『マイノグーラ』の時にのみ使用可能です。
※一度使用されると二度と発動しません。

第十三話　秘策

拓斗らとともに暗黒大陸に帰還した面々。

彼らは各々のすべきことをするために解散した。

フォーンカヴンの使者は今回の件を自国に持ち帰って検討している頃だろう。拓斗も同じく、結果の報告と今後の方針について議題に挙げるべく大呪界の【宮殿】にて緊急の会議を行っていた。

「と、いう感じで、結局のところ蓋を開けてみれば当然の結果だったってところだね……」

《出来損ない》を操作している間、拓斗は過集中の状態にあったため、配下の者たちがリアルタイムに状況を確認することはできていない。

ゆえにこの会議で結果を報告するのが初めてだ。

そして事のあらましを全て伝えた後のダークエルフたちの表情は苦々しいものだった。

拓斗が影武者を送るとのことで安全面で楽観視していたというのもあるだろう。

最悪でも《出来損ない》を失うだけで何が起こってもマイノグーラは安泰だと考えていたがゆえに、突然国家の命運を左右する出来事が起きていると知り反応が追いつかないのだ。

今は感情を処理するのにいっぱいいっぱい。

誰もがそのような面持ちで、拓斗の言葉を静かに聞いていた。

「まさかエルフの国がそのようなことになっているとは……。しかし解せませんな、クオリアは神の国、いかに自分たちが不利になろうとサキュバスなどという魔族と手を組むとは考えられませぬが……」

「しかり、彼らの性格は我らがよく理解している。少なくとも何か相応の理由があらねばそのような手段はとらぬはずだ。いくら我らを脅威に思っているとは言え、少し弱い気がするな……」

プレイヤーの能力に関しては拓斗はある程度ぼかしている。

これはダークエルフたちを信頼していないというよりも、ゲーム由来の能力と言われても彼らには到底理解ができぬだろうという配慮だ。

加えてそれらを全て開示してしまえば拓斗が今持つ権威が脅かされる可能性がある。

ゆえに拓斗はこの辺りの情報を慎重に吟味し、プレイヤーに関しては彼らが信じる神の国由来の強力な能力であると説明している。

特にH氏由来の装備に関しては正直なんと説明して良いか拓斗も考えあぐねていた。

それぞれが語り継がれるほどの強力な武器やアイテム。

無尽蔵のごとくそれらを大量に保有するプレイヤー。

おとぎ話の勇者のごとき存在と説明すれば一応の理解は得られたRPG勢とは大違いだ。

だからこそ拓斗はプレイヤーや神の存在の情報共有に関してはもう少し吟味する予定でいた。

「いろいろ向こうも隠している情報があるんだろう。その辺りは議論しても答えは出てこないだろうさ。気にとめておく必要はあるだろうけどね。とりあえず、今後の目標が一つに絞られたことはある意味で幸いだ。わかりやすいのは良いことだからね」

とは言え、それは他のプレイヤーの話に限ったことである。

ことマイノグーラの能力に関してはダークエルフたちは《破滅の王》の偉大なる力と理解しているために説明がたやすい。

大儀式の〝仄暗い国〟に関しても拓斗が一生に一度使用することができる強大な魔法ということで説明は落ち着いた。

ダークエルフたちはそのような貴重な魔法を使用させたことに恐縮しっぱなしだったが、むしろ拓斗としてはここで使わねばいつ使うんだという産廃寸前の使えない大儀式だったためにその反応をむずがゆく感じてしまう。

「王のお力、まこと感服する限りでございます。決戦までに残された時間。我らもいつにも増して気を引き締めことに当たりますじゃ」

「うん、時間があるということは幸いだ。この間にできることはなんでもしていこう」

内政の時間が得られることは拓斗にとって、そしてＳＬＧである『Eternal Nations』にとってメリットとなる。

ゲームと違って短時間で結果を出さねばならぬ以上できることはあまりにも少ないかも知れないが、それでも何らかの手段が残されている。

借りはきっちり返さなくてはならない。そのためにマイノグーラの強化は必須であった。

「ところで拓斗さま。大儀式ですが、どの程度期間が続くのでしょうか？」

「おそらく一年。多少前後するが、そのあたりで間違いないだろう」

「むむむ……」

拓斗から説明を受けたアトゥが思わず声を漏らす。

優たちと別れた後、拓斗も時間ができてすぐに大儀式についての能力を確認した。

魔力の流れを感じ取ってみたり、脳内に浮かぶエタペディアにアクセスしてみたり、果ては瞑想して自分の内側に聞いてみたり。

まぁいろいろと手を変え品を変え一番の重要事項である猶予期間をはかろうとしたのだ。

その結果はやはり一年。

当初拓斗が直感的に理解した年数が正解であり、多少前後したとしても数日の誤差がある程度だろうというのが結果だった。

一年。

その言葉が持つ意味を、この場にいる全員は正しく認識している。

あまりにも、それは短かった。

「地道に力を蓄える……というやり方では少々足りませぬな」

「うむ。王よりお伺いした敵側の戦力。その規模や力量を考えるに何か抜本的な変化をもたらすことが必要だ」

「国家規模でとなると、一年という時間はあまりにも短すぎますね」

ダークエルフたちの表情はすぐれない。

それは敗北を予感していると言うよりも、この状況を覆すには常識的なやり方では不可能だという事実を理解したがゆえの表情だ。

少なくとも今の彼らにはその手段は思いつかない。

妙案を出して吟味するだけでも数週間はかかりそうな状況にもかかわらず猶予はわずか一年。状況は逼迫していると言っても差し支えない。

それこそ今すぐにでも行動に移さなければ間に合わないほどに……。

暗く陰鬱(いんうつ)な空気が立ちこめ始めていた……。

「ふふふ、皆さん弱気ですねぇ。忘れていませんか？　ここにいるのはマイノグーラの破滅の王ですよ！　皆さんが思いつかないような手段は、すでに王のうちにあり。です！」

「「おおっ!!」」

だがそれを打ち払う者が現れる。

何を隠そう拓斗の腹心、《汚泥のアトゥ》だ。

拓斗が全陣営会談に出席している間、マイノグーラの宮殿にて《出来損ない》の遠隔操作を行う拓斗をずっと護衛していた忠義者である。

むしろずっと護衛をしていたのでほとんど何もやっていなかった。

だからこそここら辺で自分の存在をアピールし

ようとしたのだろう。

　姑息な手段ではあったが、この場の空気を変えるという点では最高の一手だった。

「あまり持ち上げないで欲しいんだけど……」

「何をおっしゃいますか！　拓斗さまにかかればこの程度の苦難、苦難に入らず！　むしろ戦力差というわかりやすい指標ができた分、やりやすいまであるのでは？」

「確かに、変に絡め手で来られるよりはマシだけどね」

　拓斗がこの状況を打開する手段をすでに用意していると信じて疑わないアトゥ。そんな彼女に勢いに気圧されながら苦笑いを浮かべる拓斗。

　だがアトゥの言葉は見当違いというものでもなかった。むしろ拓斗の現状についてよく理解している。

　わかりやすくやりやすい、ということは確かに拓斗も抱いている思いだった。

「敵の目標は明確だ。自分たちの陣営以外を全て傘下に置くこと。そして僕らの目標もまた明確だ。それを跳ね返すだけの力を手に入れること」

　ダークエルフたちが大きく、そして深く頷く。

　拓斗がこのような物言いをしているということは、すでに対話や絡め手での解決は無理だと判断している。配下の者たちはそのことをよく理解していた。

　行うべきは戦争に向けた戦力強化。いずれ来ると分かっているその日のために、ただひたすらに準備を行わなければならない。

「敵は正統大陸連盟という軍事同盟を作って見せた、じゃあ僕らもそれと同じ同盟を作って人数差を埋めたいと思う」

　どよめきが起こった。

　単純に考えればその選択肢は彼らの中にもあった。だが頭の中で考えることと王である拓斗の口から伝えられるのではその重みが違う。

マイノグーラは邪悪な国家である。

人々はその存在を忌避し、遠ざけ、時として排除しようとすらしている。

そのような、生物が持つ本来の性質がある中で同盟を構築するとなれば一筋縄では行かない。

対等な立場を築くにしろ、力で立場を分からせ恭順を促すにしろ、骨が折れる仕事であることは間違いないだろう。

だが実現できるのであれば、これほど効果的な戦略はないだろう。

少なくとも、今足りないものを補うだけの見返りはある。

「実は事前にぺぺ君からこの辺りの打診は来ているんだ。今回の敵同盟の専横もあるから、暗黒大陸の中立国家も話を聞かざるを得ないだろう」

実現の道筋が見えた。

拓斗の言葉を聞いたダークエルフの知恵者たちが抱いた感想は、奇しくも同じものだった。

むしろいまこの大陸を取り巻く現状を考えるのならば中立国家も歩み寄りの姿勢を見せなくてはならないことは明らかだ。

自分たちはマイノグーラ、そして破滅の王という強大な存在に守られているから忘れられがちではあるが、暗黒大陸に住まう人々は元来荒れ果てた土地でなんとかその日を暮らす脆弱な存在だ。

溺れる者はわらをもつかむとは有名な言葉だが、彼らは今まさに溺れている最中なのだ。

この結果も当然と言えば、当然と言えた。

「まさか、そこまで話が進んでいたとは、このワシの目をもってしても見抜けませんでしたぞ！　いやはや、このモルタール。今まで幾度となく王の英知に触れてきましたが、まさにその知謀並ぶことなしと感服する限りですじゃ」

そしてここまでのお膳立て。あとは現場がしくじらなければ合意を取ることは可能だろう。

拓斗側としても現状で中立国家に野心を抱いて

いるわけではない。

　フォーンカヴンとの同盟関係も順調なことから、その辺りをよく説明して分からせてやれば対正統大陸連盟というわかりやすい目的を共有することは難しくない
「ある程度こちらで主導権を得られれば後は何とでもなる。僕が全てを指揮することができるのが理想だけど、その辺りは交渉によりけりって感じかな」

　配下が頷き、王の采配に納得する。

　だが拓斗の作戦はそれだけではない。現状では圧倒的な戦闘能力の差があるのだ。

　一般兵だけで見てもエルフ、サキュバス、聖騎士と存在し、さらにH氏の装備で強化されている。

　戦闘能力が数段階強化されているそれらの軍に当たれば、いくら拓斗が近代兵器を供給したとしても一蹴されてしまうだろう。

　だが案ずることはない。

　その点においても、拓斗はある程度対抗できる見通しを立てていた。

「加えて、暗黒大陸東部に位置する海洋国家サザーランドは大陸間貿易でまだ知らぬ未知の技術を有していると聞く。それを入手することができたのならより強力な配下の魔物を生産することができる」

「「おおっ!!」」

　ペペ経由で知っていたことだが、この世界はまだまだ見知らぬ土地が存在する。

　いわゆるイドラギィア大陸以外の世界のことだ。外洋航行技術に乏しいこの大陸では、あまり外のことが話題に上がるようなことはなかったが、それでも貿易をしている国が存在していることは拓斗にとっても行幸だった。

　どの程度先進的な技術を有しているか？　については正直賭けになるが、それでも年単位で研究が必要な技術の開発を加速させることができると

なると大きな力になる。

一年という期間は短い。

だができること、やれることは、みなが想像している以上に多くあった。

「さしあたっては中立国家との顔つなぎだね。暗黒大陸で軍事同盟を作るにしても、他国から技術を入手するにしてもまずは窓口が欲しい。その辺りはフォーンカヴンに頼むとして、僕らの方でも情報収集を密にして欲しいな」

「はっ！　北部の大陸――聖なる国家への調査ができぬとなると、その分の調査を中立国家に回せます。王が満足できる情報を必ずやご用意してみせましょう」

「うん、特に人に関しては入念にね。こちら側にとって重要な人物や、戦力になる人物、特殊な技術や能力を持った人が望ましいかな」

依然人材の不足は厳しい状況だ。

加えて今後のことを考えるのなら中間管理職や軍の指揮官が大量に必要となってくる。

ゲームにおいていわゆるネームドと呼ばれるような名有りキャラはもちろんだが、それに準ずるような有能な者を大量に発掘することが急務だった。

「一年という時間は一見してそれなりにあるように思える。ただ気を抜くとあっという間に過ぎていくものでもある。こういう細かな調整や調査は君たちにしかできないことだ。期待しているよ」

「ははっ!!」

方針は定まった。

さしあたっては暗黒大陸で同盟を構築するための会議を開かないといけない。

ふとこの世界に来てから会議の数が異様に多いことに気づく拓斗。

『Eternal Nations』ではその辺り上手にカットしていたんだなと妙な納得を抱くのであった。

………

……

……

ダークエルフたちへの指示も終わり、拓斗は自室でしばしの休憩を取っていた。

《出来損ない》による影武者作戦があるため、今の拓斗は行動範囲が広く、できることが数多くある。

それこそその気になればマイノグーラの国中を駆け回って直接指揮をとることもできるのだ。

休む時間は最低限にし、この一年馬車馬のごとく働くことを拓斗は己に課していた。

「お疲れ様でした」

長時間椅子に座っていたことで凝り固まった身体をほぐすようにのびをしていると、アトゥが香り深く淹れられたコーヒーを持ってきた。

何かに集中する時はこれに限る。少し薄めで、ほど良い温度に冷めたものをぐいっと飲むのが拓斗の好みだ。

まだ湯気が立つカップを受け取り机の上に置き、拓斗はアトゥへと向き直る。

「うん、アトゥもお疲れ。……それにしても、どうしたものかなぁ」

「敵の軍事同盟ですか？　まさかいきなり決戦をしかけてくるとは思いもよりませんでした。『Eternal Nations』でもレアなケースですね」

「いつもなら外交だのなんだので相手の共倒れを狙ったり、意図的に緊張状態を作ったりすることで自分たちの安全を確保していたんだけどねぇ。サキュバスとクオリアは水と油だから協力することはないだろうと油断していたらこのざまだ。テーブルトークＲＰＧ勢力と二人の聖女が手を組んでいた時にこのシナリオを予想しておくべきだったよ」

だが拓斗はこの状況を自分の失態とするには少々酷だろうと考えていた。

この結果を検討しろというのは可能性の意味で

あまりに荒唐無稽。どちらかというと陰謀論とか
そっちの類いくらいに胡散臭く実現性が低い。

だからこそ魔女ヴァギアはここまで念入りに準備を仕込んだし、絶対の策であるとあの時に勝負をかけたのだろう。

もっともかの会談自体腑に落ちないことは多く、あの同盟がまだ何かを隠しているのは確かなのだが……。

そんなことを検討する前に、やるべきことは沢山あった。

少なくとも暗黒大陸で同盟を作ったり、サザーランドで新技術を入手したりした程度では敵わないのだ。

あの時はダークエルフたちが感動していたため、水を差すのもどうかと思ってあえて口にすることはなかったが、アトゥだけはその程度では彼我の戦力差を到底埋められぬことを理解していた。

本来なら苦慮すべき状況。このままでは圧倒的な能力で押しつぶされることが確定された未来。

その場面においてなお堂々とした態度の拓斗を見て、アトゥは一つの確信を抱いていた。

「しかしながら拓斗さま。危機的な状況にもかかわらずずいぶんと余裕をお持ちのご様子。もしやまだ何か作戦をお持ちでは？」

「ふふふ、よく分かってるね。実はね――」

そして語られる対正統大陸連盟必殺の作戦。

その大胆不敵かつ予想外な手段に、アトゥはしばし呆れにも似た感心をするのであった。

SYSTEM MESSAGE

大儀式の発動により、マイノグーラの国境および都市が固定されました。
以後指定ターン数が経過しないかぎり、敵対国家との接触は不可能となります。

ターン数：残り１年

OK

第十四話　立ち上がる者

暗黒大陸南方。奴隷と犯罪者の都市国家グラムフィル。

荒れた大地に点在するあばらや。国家と呼ぶにはあまりにも貧弱で、活気というものが一切存在しない、人が住むにはあまりにも過酷な土地。

元々が大陸各地の政治犯や犯罪者、脱獄奴隷などの避難場所として興ったその都市は、かつての彼らが抱いていたギラギラとした野心とは裏腹に、今はただ大勢の無気力な敗北者たちを生きながらえさせる死と終わりを彷彿させる場所となっている。

そのような敗北者たちが流れ着く終わりの地で、一人の男がただただ己の境遇を嘆き、嗚咽（おえつ）を漏らしていた。

「う、うあっ……うああ……」

男……と呼ぶには些か年齢が若い。

短く切りそろえられた髪は黒色で、身につけている服はこの国にしては上等……それどころかこの世界ではあまり見かけぬ意匠を有している。

中学生くらいだろうか？　何が悲しいのかその男子は先ほどからみすぼらしい宿の一室でただひたすらに苦渋に満ちた声で呻いている。

「もうダメだぁ。やっぱりダメだったんだ」

涙が止めどなく溢れ、薄暗い部屋に絶望の声がまき散らされる。

この男の名は……。

「こんなクズが勝負に勝てるわけなかったんだ。俺はいつもそうだ。肝心な時に勝てねぇ。いや、普段ですら勝てねぇのに、肝心な時に勝てるわけねぇんだよ！」

　この男の名は、繰腹慶次といった――。

「ごめんなぁ、ソアリーナ。ごめんなぁ、フェンネ。期待してくれていたのに、俺に任せろって言ったのに、情けなくてごめんなぁ！　死にてぇよぉ、もう死にてぇよ！」

　イラ＝タクトに敗北した後の繰腹の人生は、敗北者のそれにふさわしいものだった。

　一切姿を見せることなく戦いに挑んだ彼は、己の配下である魔女のエラキノを失い、危うく能力まで奪われる結果となった。

　最終的に拓斗が危機状況に陥ったために彼自身にその刃が届くことはなかったが、敗北したという事実は覆せない。

「それに……ああ、ダメだ。またあの光景を思い出しちまう。もうお前もいねぇのに、何で俺はまだのうのうと生きてるんだ？　俺が作り上げた、最強の女だったのによぉ！　設定も、口調も、服装も、能力も……全部全部俺が作った。何にもできねぇ、ギャンブルで負けることしかできねぇ俺が初めて作った最愛の女だったのによぉ!!」

　そして彼の敗北を許さぬ存在がいた。

　テーブルトークＲＰＧの担当神――《ダイスの神》だ。

　かの存在は今回の不甲斐ない結果に憤慨し、繰腹が持つ能力の大部分を封じたのだ。

　その上で彼を少年の姿にし、この地に放り込んだ。

　ここで朽ちるも良し、立ち上がり再起を図るもよし、ダイスによって気まぐれになされた裁定ではあったが、少なくとも繰腹の命が繋がったのは確かだ。

　もっとも、彼本人はすでに心が折れている状況だったが……。

「死にてぇよぉ！　死なせてくれよエラキノ！

もう俺を死なせてくれよエラキノォォォ！」

だがそんな彼にも、残されてるものは確かにあった。

「うるさぁぁいっ！」

「ごはぁっ！」

強烈な蹴りが繰腹の腹部に炸裂し、その体躯がゴロゴロと壁まで転がっていく。

突然のことに驚きつつも、涙で顔をぐしゃぐしゃにゆがませた繰腹はその下手人へと顔を向ける。

それは——彼がよく知る少女だ。

「いつまでもウジウジと情けないったらありゃしない！　曲がりなりにもプレイヤーなんでしょ!?　能力の大部分を封印されちゃったし、ペナルティでショタ化したけど、まだちゃんとゲームマスターなんでしょ!?」

魔女エラキノ。

テーブルトークRPGの魔女で、繰腹が作り出したNPC。彼が最も信を置く唯一にして無二の配下。

かつての戦いにて彼女の存在は確実に失われた。そして現在繰腹はGM権限の大部分を封印されており、キャラクターの蘇生を行うことができない。

これが意味するところはどこにあるのか？　だがその答えはすぐ分かることとなる。

「うう、ごめんなエラキノぉ……」

「懲罰キック！」

「ぐはっ！　なっ、何すんだエラキノ！」

エラキノ——と呼ばれた少女の蹴りが再度繰腹の腹に直撃する。

NPCである彼女の攻撃をまともに食らえばいくら繰腹がプレイヤーとは言え重傷を負うことに間違いはない。

にもかかわらず涙目で文句を言える辺り、手加減しているのは間違いなかった。

どうやら彼女の目的はこの情けない男への叱咤といったところらしい。

その細い腕を組みながら、不満ですとばかりに顔をしかめ繰腹を睨み付けている。

「気合い注入だ！　それにいい加減コレをエラキノと呼ぶのはやめろ！」

そう、少女は繰腹に何度も言った。にもかかわらず彼はふとした折に間違えるのだ。

決して目を背けてはいけない事実を。

「ここにあるのはただの残り香、魔女という設定の残骸。《ダイスの神》が消すの面倒がって放置してるバグで残った抜け殻」

目の前で在りし日のようにたたずむ少女は、もう彼が知るあの娘ではないということ。

それはとうの昔に失われ、ただ彼の目の前にあるのはその残影だということを。

エラキノは……。

「――エラキノは、もう死んだんだよ」


彼の目の前から消えてしまったのだから。

「うっ、ううう……」

繰腹が涙をこぼし、またうずくまる。

本来なら彼はこのような感情を抱かなかった。

そもそもエラキノの出自は特殊で、彼がＧＭの能力を利用して何度も試行錯誤で生み出してきた存在でしかない。

二十二番目に作ったエラキノ。彼が心血注いでようやく完成に至った、二十二番目のエラキノ。

ただそれだけだ。

だがそれが良くなかった。今まで何もなすことができず、何も生み出せず、自己肯定感がどん底に落ちていき、プライドがボロボロに朽ちていた男が初めて他人に誇れる作品を作り上げたのだ。

だから彼は二十二番目のエラキノ――もう失われた彼女のことを忘れられずにいる。

「コレのことはザンガイと呼べ。それが約束だ。エラキノと違うということを、よく理解しろ。それが大切なんだ」

いくらこのザンガイと呼ばれる少女が諭そうと叱ろうと、ただめそめそ情けなく遠くへ行ってしまった女を忘れられず泣き続けるのだ。

もう繰腹慶次という男には何もない。

それはとうの昔、あの日に全部失われてしまったのだから。

しかし運命は彼の退場を許しはしなかった。


時間が来る。

——戦いの時間が。


「——おら立て！　気合い入れて行くぞ！　コレはエラキノと違ってオマエへの好感度ゼロだからな！　甘えられると思うなよ！　準備ができたらすぐ出発だ！」

かつてエラキノだった者の残骸。

中身のないはずの少女は、あの日のあの娘と同じように意気揚々と拳を振り上げると、さぁ今から始めるぞとばかりに気炎を上げる。

その様子をぼーっと眺める繰腹に気力は一切感じられない。

ただ状況に流されるままだ。

「うっ、出発ったって、どこいくんだよエラ——ザンガイよぉ？　当てなんてねぇよ……」

「は～、オマエはそんなことも分からないのか？　仕方ないからコレが教えてやるよ。ソアリーナとフェンネを見つけるのさっ♪」

「……は？　何でだよ？」

その言葉に繰腹は初めて意思を持ったかの如く目の色を変え、咎めるように質問する。

マイノグーラとの決戦以降、彼女たちの行方（ゆくえ）はしれない。彼女たちのことだから生きているだろうが、どこにいるか、何をしているかは一切判明していないのだ。

それに今更どの面下げて会えというのだ。

ともに平和な世界を築こうと無邪気に語り合ったあの日々を思い出すことすら辛いのだ。

何もしてやれなかった彼女たちに、何もない男がどう詫びろと言うのか？

不甲斐ない自分への怒りが、思わず強い言葉になって出てくる。

その態度にザンガイはうれしそうに笑った。

「んなもん尻拭く(ケツ)ために決まってんでしょ♪　あっ、もしかしてオマエってばこのままこの犯罪都市にこもってやり過ごすつもり？」

うっ、と言葉に詰まる。

現状のままではいけないことはとうに理解している。今まではザンガイがどこからか用意してきた資金でなんとか生きながらえることができていた。

だがこれ以上この生活を続けるのが無理なことは彼でも分かる。

むしろギャンブルで幾度となく痛い目を見てきた繰腹だ。金の重要さは痛いほど理解しているし、生きるためにはどうやっても金が必要なことはよく知っている。

このままではいずれ破綻するのは間違いない。

それに……このままでは自分どころかきっと――。

「そうはいきませんよねぇ～？　だってぇ、放っておいたらサキュバスの軍勢がこっちにもやってきちゃいますもんね～♪　そうしたらぁ、きっとソアリーナとフェンネもひどいことになっちゃいますよねぇ！　あ～あ、誰かさんがヘタレたおかげで、今も怯えて隠れてる二人の聖女がぬちゃぐちゃエロ同人みたいな目にあっちゃう～♪」

「ぐっ！　うっ、うう……」

繰腹の瞳に涙が浮かぶ。どうやら全陣営会談で何もできず怯えていたことを思い出したらしい。

もしかしたらサキュバスの使者が来た時に部屋の隅で震えてザンガイに応対して貰ったことも一

緒に思い出したのかもしれない。

どちらにせよ、情けない男がまた情けなく泣きわめこうとしている。

だがそれは決して許されない。

「だから立てって言ってんだよ。なんども言うが尻(ケツ)を拭け。男気を見せろ。エラキノが死んで良かったと思える人間になれ。ダサい生き方はするな。運命に勝て、神が見ているぞ」

「くそが……」

発破が効いたのか、それともなけなしのプライドに火がついたのか。

先ほどまでの弱々しい態度に変化が訪れる。

床の上でブルブルと震える繰腹、やがて彼は大声を上げながら立ち上がる。

「あああああっ！　ちくしょうがーっ！　やるよ！　やりゃあいいいんだろ!?　やってやるよぼけぇぇぇ！　俺は天下のゲームマスターだぞ！　どいつもこいつも調子くれてんじゃねぇよ!!」

ここまで言われて、ここまで馬鹿にされて終わってたまるか。

もはや意地と言うよりは自棄だ。

だが彼が前を向いたことは間違いなく、どういう形にしろこの最初の一歩が重要だ。

がぁっ、と自分を鼓舞するかのように叫ぶ繰腹を見てザンガイはカラカラと笑う。

「おっ、いい感じじゃ～ん！　そういうのが大事なんだよ。強い意志こそが、運命を切り開き勝利を呼び込むのさ」

「そうだよ！　まだ俺は終わっちゃいねぇ！　GM権限だって殆(ほとん)どが封印されてっけど、ダイスは振れるんだ。次はかぁぁぁぁっつ！」

その言葉にザンガイは酷く、酷く嬉しそうに笑い、手を叩く。

どうやら彼女の願いどおりの結果になったらしい。その無邪気な姿は、あまりにもエラキノを想起させ、繰腹の心をざわつかせて仕方なかったが、今の彼が持つ熱量の前にはさしたる問題でも無い。

「いいか見てろよエラ――ザンガイ！　俺はやるからな！　全員ぶっ殺して、このくだらねぇゲームを勝ち上がる！　最後に勝つのは俺だ！」

宣言だけは一人前。だが言葉に語彙と品が無い辺り、彼の人品を表しているようだった。

勢いだけは十分。そのことをからかう意図でもあったのだろうか？　ザンガイがニヤリと笑いながらヤジを飛ばす。

「いいじゃんいいじゃん。じゃあその調子で《破滅の王》もぶち殺そうね～♪」

「ひっ！　破滅の王！　イラ＝タクト！　う、うわぁぁぁぁ!!」

だがすぐにまた元の木阿弥。

どうやら彼にとってイラ＝タクトの名前は禁句らしい。

先ほどと同じようにまたうずくまって自己嫌悪に入ってしまった。

「はぁ、ダメだこりゃ」

ため息を吐き、お手上げとばかりに両手を上げるザンガイ。

その仕草は、中身がないただのバグによる入れ物の割には、やけに感情がこもっているように感じられた……。

一方その頃、繰腹の心情など一切知らない拓斗は、その彼をもって乾坤一擲の作戦としようとしていた。

つまり……繰腹慶次との同盟関係の構築である。

この方策を伝えられたアトゥは、あまりにも予想外の作戦にしばらく意識がついていかなかった。

あれほどまでやり合った相手である。敵にはなれど味方になるなど思いもよらなかったのだ。

むしろ将来の危険因子になると早期発見の上で

排除せねばとまで考えていたのだから。

だが拓斗の考えは真逆にあった。

アトゥが拓斗の方針に逆らうことは基本的にはない。だが果たしてうまくいくのだろうか？　率直な疑問を自らの主にぶつける。

「まさかＧＭとレネア神光国の聖女たちの引き入れとは、かつて敵対した間柄ですが、可能でしょうか？」

「どうだろうね？　繰腹くんについては全陣営会談の中で探りをいれた感じではどうも心折れているって雰囲気だったから強気でいけばなんとかなるかな？　って考えているよ」

「……戦力として使えますか？」

言葉少なだが、アトゥの意図するところは拓斗もよく理解できた。

すなわち――ＧＭの能力は剥奪されている。

その事を問うているのだ。

テーブルトークＲＰＧ勢力のプレイヤーである繰腹との決着の際、拓斗は相手のゲームシステムを利用して懲罰動議を発動。相手が持つ最大の武器であるＧＭ権限を剥奪したのだ。

すなわち今の繰腹慶次はただサイコロを転がせるテーブルトークＲＰＧの単なる一プレイヤーでしかない。

そんな人物が今後の戦いで役に立つのか？

アトゥの短い言葉には、そのような問いかけが込められていた。

無論拓斗とてその程度は想定内だ。

「やりようはいくらでもあるよ、僕があの場で繰腹くんのＧＭ権限を剥奪したようにね」

「となると、後は本人が首を縦に振るかどうかということですね」

アトゥの言葉に拓斗が頷き、肯定する。

テーブルトークＲＰＧの能力に不安はない。あるとすれば別の部分――つまり繰腹慶次がどのような反応を示すかだ。

これは優から聞いた各陣営の目的の件も後押しとなっている。テーブルトークＲＰＧ陣営――つまりレネア神光国へ潜入していた際、彼らは一貫して平和な国作りを行おうとしていた。

無論その過程で行われてきた虐殺や決断が全て正しかったとは言い切れないが、彼らが比較的善意で動いていたことは間違いない。

繰腹に他の目的があるのならあのような行動は許さなかったはずだ。だが繰腹はＧＭとして一貫してエラキノや聖女たちの行動に協力的であった。

もし、彼も神宮寺優や自分と同じように親しい誰かとの平穏を求める心が少しでもあるのなら、当たってみる価値はあると判断したのだ。

「繰腹くんが何を望んでいるかにもよるけど、全く無理な話ってわけでもないと思うよ。交渉の余地はある」

ただ残念なことに、繰腹の魔女であるエラキノは拓斗が撃破してしまっている。

そこが懸念点だ。拓斗が繰腹の立場だったら、絶対に許しはしないだろう。

何らかの妥協点か、もしくは手土産が必要になってくる……。

（その辺りは本人を見つけてから考えるか。あと欲を言えば聖女も欲しいけど……厳しいかもしれないなぁ。二人ともかなり真面目なタイプだし）

二人の聖女も無論仲間として引き入れたい気持ちはある。

だが彼女たちは難しい気もしていた。この辺りは最低限敵に回らなければそれで良しとしようと拓斗は方向性を決める。

「かつての敵と手を組む。王道な展開で実に面白いじゃないか。可能性は未知数だけど、彼らと同盟を組めたらきっと敵同盟に劣らない巨大なものになるよ」

ＧＭの能力は強力だ。

アレがあればいくら正統大陸連盟が強大であろ

うとも、いくらでもやりようはある。

　拓斗と、優、そして繰腹。プレイヤーの数ではこちらの方に分があることになるのだから……。

「なるほど、そのようなお考えでしたか！　そういえば、ダークエルフたちに人物の調査を念押ししていたのはそのような意図があったのですね」

「うん、もちろん面白い人材が発掘できたらなってのもあるけどね」

　いくら乾坤一擲の作戦といえど、見つからなければ始まらない。

　暗黒大陸にいる可能性は高いが、万が一サザーランド経由で他の大陸にでも逃げられていたら一年という期間で見つけるのは困難を極めるだろう。

　とにもかくにも、彼らの居場所を見つけるのが第一歩だ。

　あらゆる作戦は、全てそこから通じることになるのだから。

「一年間、まずは雌伏の時だ。とは言え、退屈だけはしなさそうだね――」

　破滅の王が薄く笑う。

　一年後に起きる戦乱。

　その戦いはこの世界を揺るがす巨大なものとなるであろう。

　それだけは間違いなかった。

あとがき

お久しぶりです。鹿角フェフです。

この度は『異世界黙示録マイノグーラ』7巻をご購入いただき、ありがとうございました。

今回もお楽しみ頂ければ幸いです。さて、本書を手に取って頂いている皆さんはすでにご存じかと思いますが、マイノグーラ。アニメ化決定です！

いやぁ、初めてお話を頂いた時はなかなか信じられず「もしかしてこれはシリンダーに浮かんだ鹿角フェフの脳髄が見ている夢なのでは？」などといった非現実的な感想が浮かんだものです。最近ようやく意識が現実に追いついてきたと言ったところでしょうか。

まぁ、まだシリンダーに浮かんだ脳髄が見ている夢の可能性はありますが……。

ともあれ、ここまで本作を応援してくれていた皆さんにこの吉報をお届けできること、本当に嬉しく思います。初めての経験で手探りばかりでしたが、原作者として全力でアニメ製作に協力させて頂きました！　このあとがきを書いている最中もアニメ企画は進行中。引き続き皆さんに喜んで頂けるよう頑張っていきます。……と、そんなこんなでそろそろ恒例の謝辞をば。

イラストレーターのじゅん様、ＧＣノベルズ編集部ならびに担当の川口さん。校閲様、デザイン会社様、その他ご協力いただいている様々な方。そして読者の皆様。

今回もありがとうございました。アニメ異世界黙示録マイノグーラもどうぞご期待ください。

マイノグーラ
アニメ化決定

祝
アニメ化決定!
おめでとう
ございます

GC NOVELS

異世界黙示録マイノグーラ 07

Mynoghra the Apocalypsis -World conquest by Civilization of Ruin- 07

～破滅の文明で始める世界征服～

2024年7月6日　初版発行

著者　鹿角フェフ
イラスト　じゅん
発行人　子安喜美子
編集　川口祐清
装丁　伸童舎株式会社
本文組版　STUDIO 恋球
印刷所　株式会社平河工業社
発行　株式会社マイクロマガジン社
〒104-0041
東京都中央区新富1-3-7　ヨドコウビル
TEL 03-3206-1641 FAX 03-3551-1208（販売部）
TEL 03-3551-9563 FAX 03-3551-9565（編集部）
URL:https://micromagazine.co.jp/

ISBN978-4-86716-594-2
C0093

本書は小説投稿サイト「小説家になろう」（https://syosetu.com/）に
掲載されていたものを、加筆の上書籍化したものです。

ファンレター、作品のご感想をお待ちしています！

【宛先】
〒104-0041
東京都中央区新富1-3-7　ヨドコウビル
株式会社マイクロマガジン社 GCノベルズ編集部
「鹿角フェフ先生」係
「じゅん先生」係

■ご協力いただいた方全員に、書き下ろし特典をプレゼント！
■スマートフォンにも対応しています（一部対応していない機種もあります）。
■サイトへのアクセス、登録・メール送信の際の通信費はご負担ください。

みんなおいでよ
モフモフの森へ！

GC NOVELS

ちびころ転生者のモフモフ森暮らし ①

ジャジャ丸　イラスト／.suke

GC NOVELS
ハイブルク家三男は小悪魔ショタです
The third son of the Heiburg family is a little devil shota
1
腹黒転生ショタ
×
イケメン男装令嬢
魅惑のおねショタペア登場!!
デンセン
イラスト/ごろー*
第①巻 好評発売中

GC NOVELS
GOT A CHANCE
寝落ちしたら、
死亡退場するラスボスになっていた!?
死の運命を変えるため、
原作シナリオをぶっ壊す!
予測不能なサバイバルコメディ!
かませ犬から始める
天下統一
人類最高峰のラスボスを演じて原作ブレイク
Yayoi Rei
弥生零
Illustration
狂zip
第①~②巻 好評発売中!!